中国作家同题散文精选

春雨
印度洋上的秋思

春夏秋冬卷

梁遇春 徐志摩 等 著

人民文学出版社

图书在版编目（CIP）数据

春雨　印度洋上的秋思：春夏秋冬卷/梁遇春等
著.—北京：人民文学出版社，2022
（中国作家同题散文精选）
ISBN 978-7-02-017139-2

Ⅰ.①春… Ⅱ.①梁… Ⅲ.①散文集-中国-现代 ②
散文集-中国-当代 Ⅳ.①I266

中国版本图书馆 CIP 数据核字（2022）第 075114 号

责任编辑　卜艳冰　邱小群　刘佳俊
封面设计　李苗苗

出版发行　人民文学出版社
社　　址　北京市朝内大街 166 号
邮政编码　100705

印　　刷　上海盛通时代印刷有限公司
经　　销　全国新华书店等

字　　数　135 千字
开　　本　890 毫米×1240 毫米　1/32
印　　张　6
版　　次　2022 年 9 月北京第 1 版
印　　次　2022 年 9 月第 1 次印刷

书　　号　978-7-02-017139-2
定　　价　39.00 元

如有印装质量问题，请与本社图书销售中心调换。电话：010-65233595

编辑例言

中国素来是散文大国，历代文章，传诵不绝。而至现代，散文再度勃兴，名篇佳作，亦不胜枚举。散文一体，论者尽有不同解释，但涉及风格之丰富多样，语言之精湛凝练，名家又皆首肯之。因此，在时下"图像时代"或曰"速食文化"的阅读气氛中，重读经典散文，便又有了感受母语魅力的意义。

我国历来有编辑"类书"的传统，采摭群书，辑录各门类或某一类资料，根据内容加以编排，以供查询、征引之用，如《太平广记》《艺文类聚》《古诗类编》等。这样的编选思路，能够较为精准地囊括某一题材的佳作，方便读者检索、参考、阅读，也有利于传播，是古代的"数据库"。本着这样的出发点，我社曾分批编选并出版过一套以主题为核心的同题散文集，比如春、夏、秋、冬，比如风、花、雪、月……每册的内容相对集中，既有文学的意义，又有史料的功能。

数年过去，这套丛书在读者中反应尚佳。因此，我们决定遴选其中的经典篇目，并增加一部分之前未选入丛书的作品，出一套精选集。选文中一些现代作家的行文习惯和用词可能与当下的规范不一致，为尊重历史原貌，一律不予更动。由于编选者识见有限，疏漏之处在所难免，遗珠之憾也仍将存在，敬请读者诸君多多指教。

第一辑

春

春　朱自清　　　　　　　　002

北平的春天　周作人　　　　004

大明湖之春　老舍　　　　　008

钓台的春昼　郁达夫　　　　011

春雨　梁遇春　　　　　　　019

春意挂上了树梢　萧红　　　023

春底林野　许地山　　　　　026

五月的北平　张恨水　　　　028

春之悲哀　田汉　　　　　　032

春底心　丽尼　　　　　　　036

窗外的春光　庐隐　　　　　038

春雨　韦素园　　　　　　　042

第二辑

夏

扬州的夏日　朱自清　　　　　　048

雨后虹　徐志摩　　　　　　　　051

雷雨前　茅盾　　　　　　　　　060

在热波里喘息　郁达夫　　　　　063

夏之一周间　老舍　　　　　　　066

我底夏天　巴金　　　　　　　　069

今年的暑假　废名　　　　　　　071

燕居夏亦佳　张恨水　　　　　　073

夏天的瓶供　周瘦鹃　　　　　　075

夏虫之什　缪崇群　　　　　　　078

阴雨的夏日之晨　王统照　　　　090

第三辑

秋

秋夜　鲁迅　　　　　　　　　　096

故都的秋　郁达夫　　　　　　　099

济南的秋天　老舍　　　　　　　103

印度洋上的秋思　徐志摩　　　　106

异国秋思　庐隐　　　　　　　　114

赏菊狮子林　周瘦鹃　　　　　　118

秋夜　丽尼　　　　　　　　　　121

红叶　倪贻德　　　　　　　　　123

香山红叶　杨朔　　　　　　　　125

杭江之秋　傅东华　　　　　　　129

秋日风景画　穆木天　　　　　　135

秋天　李广田　　　　　　　　　146

第四辑

冬

冬天　朱自清　152

江南的冬景　郁达夫　154

白马湖之冬　夏丏尊　158

济南的冬天　老舍　160

又是冬天　萧红　162

冰雪北海　张恨水　165

雪的回忆　穆木天　167

花床　缪崇群　179

雪　靳以　181

第一辑

春

春

朱自清

盼望着，盼望着，东风来了，春天的脚步近了。

一切都像刚睡醒的样子，欣欣然张开了眼。山朗润起来了，水涨起来了，太阳的脸红起来了。

小草偷偷地从土里钻出来，嫩嫩的，绿绿的。园子里，田野里，瞧去，一大片一大片满是的。坐着，躺着，打两个滚，踢几脚球，赛几趟跑，捉几回迷藏。风轻悄悄的，草绵软软的。

桃树、杏树、梨树，你不让我，我不让你，都开满了花赶趟儿。红的像火，粉的像霞，白的像雪。花里带着甜味，闭了眼，树上仿佛已经满是桃儿、杏儿、梨儿。花下成千成百的蜜蜂嗡嗡地闹着，大小的蝴蝶飞来飞去。野花遍地是：杂样儿，有名字的，没名字的，散在花丛里，像眼睛，像星星，还眨呀眨的。

"吹面不寒杨柳风"，不错的，像母亲的手抚摸着你。风里带来些新翻的泥土的气息，混着青草味，还有各种花的香，都在微微润湿的空气里酝酿。鸟儿将窠巢安在繁花嫩叶当中，高兴起来了，呼朋引伴地卖弄清脆的喉咙，唱出宛转的曲子，跟轻风流水应和着。牛背上牧童的短笛，这时候也成天嘹亮地响。

雨是最寻常的，一下就是三两天。可别恼。看，像牛毛，像花针，像细丝，密密地斜织着，人家屋顶上全笼着一层薄烟。树叶子却绿得发亮，小草也青得逼你的眼。傍晚时候，上灯了，一点点黄晕的光，烘托出一片这安静而和平的夜。乡下去，小路上，石桥边，撑起伞慢慢走着的人；还有地里工作的农夫，披着蓑，戴着笠的。他们的草屋，稀稀疏疏的在雨里静默着。

天上风筝渐渐多了，地上孩子也多了。城里乡下，家家户户，老老小小，他们也赶趟儿似的，一个个都出来了。舒活舒活筋骨，抖擞抖擞精神，各做各的一份事去，"一年之计在于春"；刚起头儿，有的是工夫，有的是希望。

春天像刚落地的娃娃，从头到脚都是新的，它生长着。

春天像小姑娘，花枝招展的，笑着，走着。

春天像健壮的青年，有铁一般的胳膊和腰脚，他领着我们上前去。

北平的春天

周作人

北平的春天似乎已经开始了，虽然我还不大觉得。立春已过了十天，现在是七九六十三的起头了，布衲摊在两肩，穷人该有欣欣向荣之意。光绪甲辰即一九〇四年小除那时我在江南水师学堂曾作一诗云：

"一年倏就除，风物何凄紧。百岁良悠悠，白日催人尽。既不为大椿，便应如朝菌。一死息群生，何处问灵蠢。"但是第二天除夕我又作了这样一首云：

"东风三月烟花好，凉意千山云树幽，冬最无情今归去，明朝又得及春游。"这诗是一样的不成东西，不过可以表示我总是很爱春天的。春天有什么好呢，要讲他的力量及其道德的意义，最好去查盲诗人爱罗先珂的抒情诗的演说，那篇世界语原稿是由我笔录的，译本也是我写的，所以约略都还记得，但是这里誊录自然也更可不必了。春天的是官能的美，是要去直接领略的，关门歌颂一无是处，所以这里抽象的话暂且割爱。

且说我自己的关于春的经验，都是与游有相关的。古人虽说以鸟鸣春，但我觉得还是在别方面更感到春的印象，即是水与花木。迂阔的说一句，或者这正是活物的根本的缘故吧。小时候，在春天总有些出游的机会，扫墓与香市是主要的两件事，而通行只有水路，所在又多是山上野外，那么这水与花木自然就不会缺少的。香市是公众的行事，禹庙南镇香炉峰为其代表，扫墓是私家的，会稽的乌石头调马场等地方至今在我的记忆中还是一种代表的春景。庚子年三月十六日的日记云：

  晨坐船出东郭门，挽纤行十里，至绕门山，今称东湖，为陶心云先生所创修，堤计长二百丈，皆植千叶桃垂柳及女贞子各树，游人颇多。又三十里至富盛埠，乘兜轿过市行三里许，越岭，约千余级。山上映山红牛郎花甚多，又有蕉藤数株，著花蔚蓝色，状如豆花，结实即刀豆也，可入药。路旁皆竹林，竹萌之出土者粗于碗口而长仅二三寸，颇为可观。忽闻有声如鸡鸣，阁阁然，山谷皆响，问之轿夫，云系雄鸡叫也。又二里许过一溪，阔数丈，水没及骭，舁者乱流而渡，水中圆石颗颗，大如鹅卵，整洁可喜。行三四里至墓所，松柏夹道，颇称闳壮。方祭时，小雨籁籁落衣袂间，幸即晴霁。下山午餐，下午开船。将进城门，忽天色如墨，雷电并作，大雨倾注，至家不息。

  旧事重提，本来没有多大意思，这里只是举个例子，说明我春游的观念而已。我们本是水乡的居民，平常对于水不觉得怎么新奇，要去临流赏玩一番，可是生平与水太相习了，自有一种情分，仿佛觉得生活的美与悦乐之背景里都有水在，由水而生的草木次之，禽虫又次之。我非不喜禽虫，但他总离不了草木，不但是吃食，也实是必要的寄托，盖即使以鸟鸣春，这鸣也得在枝头或草原上才好，若是雕笼金锁，无论怎样的鸣得起劲，总使人听了索然兴尽也。

话休烦絮。到底北平的春天怎么样了呢。老实说，我住在北京和北平已将二十年，不可谓不久矣，对于春游却并无什么经验。妙峰山虽热闹，尚无暇瞻仰，清明郊游只有野哭可听耳。北平缺少水气，使春光减了成色，而气候变化稍剧，春天似不曾独立存在，如不算他是夏的头，亦不妨称为冬的尾，总之风和日暖让我们着了单袷可以随意徜徉的时候真是极少，刚觉得不冷就要热了起来了。不过这春的季候自然还是有的。第一，冬之后明明是春，且不说节气上的立春也已过了。第二，生物的发生当然是春的证据，牛山和尚诗云，春叫猫儿猫叫春，是也。人在春天却只是懒散，雅人称曰春困，这似乎是别一种表示。所以北平到底还是有他的春天，不过太慌张一点了，又欠腴润一点，叫人有时来不及尝他的味儿，有时尝了觉得稍枯燥了，虽然名字还叫作春天，但是实在就把他当作冬的尾，要不然便是夏的头，反正这两者在表面上虽差得远，实际上对于不大承认他是春天原是一样的。

我倒还是爱北平的冬天。春天总是故乡的有意思，虽然这是三四十年前的事，现在怎么样我不知道。至于冬天，就是三四十年前的故乡的冬天我也不喜欢：那些手脚生冻瘃，半夜里醒过来像是悬空挂着似的上下四旁都是冷气的感觉，很不好受，在北平的纸糊过的屋子里就不会有的。在屋里不苦寒，冬天便有一种好处，可以让人家做事，手不僵冻，不必炙砚呵笔，于我们写文章的人大有利益。北平虽几乎没有春天，我并无什么不满意，盖吾以冬读代春游之乐久矣。

廿五年二月十四日

大明湖之春

老 舍

北方的春本来就不长，还往往被狂风给七手八脚的刮了走。济南的桃李丁香与海棠什么的，差不多年年被黄风吹得一干二净，地暗天昏，落花与黄沙卷在一处，再睁眼时，春已过去了！记得有一回，正是丁香乍开的时候，也就是下午两三点钟吧，屋中就非点灯不可了；风是一阵比一阵大，天色由灰而黄，而深黄，而黑黄，而漆黑，黑得可怕。第二天去看院中的两株紫丁香，花已像煮过一回，嫩叶几乎全破了！济南的秋冬，风倒很少，大概都留在春天刮呢。

有这样的风在这儿等着，济南简直可以说没有春天；那么，大明湖之春更无从说起。

济南的三大名胜，名字都起得好：千佛山，趵突泉，大明湖，都多么响亮好听！一听到"大明湖"这三个字，便联想到春光明媚和湖光山色等等，而心中浮现出一幅美景来。事实上，可是，它既不大，又不明，也不湖。

湖中现在已不是一片清水，而是用坝划开的多少块"地"。"地"外留着几条沟，游艇沿沟而行，即是逛湖。水田不需要多么深的水，所以水黑而不清；也不要急流，所以水定而无波。东一块莲，西一块蒲，土坝挡住了水，蒲苇又遮住了莲，一望无景，只见高高低低的"庄稼"。艇行沟内，如穿高粱地然，热气腾腾，碰巧了还臭气烘烘。夏天总算还好，假若水不太臭，多少总能闻到一些荷香，而且必能看到些绿叶儿。春天，则下有黑汤，旁有破烂的土坝；风又那么野，绿柳新蒲东倒西歪，恰似挣命。所以，它既不大，又不明，也不湖。

话虽如此，这个湖到底得算个名胜。湖之不大与不明，都因为湖已不湖。假若能把"地"都收回，拆开土坝，挖深了湖身，它当然可以马上既大且明起来：湖面原本不小，而济南又有的是清凉的泉水呀。这个，也许一时作不到。不过，即使作不到这一步，就现状而言，它还应当算作名胜。北方的城市，要找有这么一片水的，真是好不容易了。千佛山满可以不算数儿，配作个名胜与否简直没多大关系，因为山在北方不是什么难找的东西呀。水，可太难找了。济南城内据说有七十二泉，城外有河，可是还非有个湖不可。泉，池，河，湖，四者具备，这才显出济南的特色与可贵。它是北方唯一的"水城"，这个湖是少不得的。设若我们游湖时，只见沟而不见湖，请到高处去看看吧，比如在千佛山上往北眺望，则见城北灰绿的一片——大明湖；城外，华鹊二山夹着弯弯的一道灰亮光儿——黄河。这才明白了济南的不凡，不但有水，而且是这样多呀。

况且，湖景若无可观，湖中的出产可是很名贵呀。懂得什么叫作美的人或者不如懂得什么好吃的人多吧，游过苏州的往往只记得此地的点心，逛过西湖的提起来便念道那里的龙井茶，藕粉与莼菜什么的，吃到肚子里的也许比一过眼的美景更容易记住，那么大明湖的蒲菜，茭白，白花藕，还真许是它驰名天下的重要原因呢。不论怎么说吧，这些东西既都是水产，多少总带着些南国风味；在夏天，青菜挑子上带着一束束的大白莲花菁葵出卖，在北方大概只有济南能这么"阔气"。

我写过一本小说——《大明湖》——在"一·二八"与商务印书馆一同被火烧掉了。记得我描写过一段大明湖的秋景，词句全想不起来了，只记得是什么什么秋。桑子中先生给我画过一张油画，也画的是大明湖之秋，现在还在我的屋中挂着。我写的，他画的，都是大明湖，而且都是大明湖之秋，这里大概有点意思。对了，只是在秋天，大明湖才有些美呀。济南的四季，唯有秋天最好，晴暖无风，处处明朗。这时候，请到城墙上走走，俯视秋湖，败柳残荷，水平如镜；唯其是秋色，所以连那些残破的土坝也似乎正与一切景物配合：土坝上偶尔有一两截断藕，或一些黄叶的野蔓，配着三五枝芦花，确是有些画意。"庄稼"已都收了，湖显着大了许多，大了当然也就显着明。不仅是湖宽水净，显着明美，抬头向南看，半黄的千佛山就在面前，开元寺那边的"橛子"——大概是个塔吧——静静的立在山头上。往北看，城外的河水很清，菜畦中还生着短短的绿叶。往南往北，往东往西，看吧，处处空阔明朗，有山有湖，有城有河，到这时候，我们真得到个"明"字了。桑先生那张画便是在北城墙上画的，湖边只有几株秋柳，湖中只有一只游艇，水作灰蓝色，柳叶儿半黄。湖外，他画上了千佛山；湖光山色，联成一幅秋图，明朗，素净，柳梢上似乎吹着点不大能觉出来的微风。

对不起，题目是大明湖之春，我却说了大明湖之秋，可谁教亢德先生出错了题呢！

钓台的春昼

郁达夫

因为近在咫尺，以为什么时候要去就可以去，我们对于本乡本土的名区胜景，反而往往没有机会去玩，或不容易下一个决心去玩的。正唯其是如此，我对于富春江上的严陵，二十年来，心里虽每在记着，但脚却从没有向这一方面走过。一九三一，岁在辛未，暮春三月，春服未成，而中央党魁，似乎又想玩一个秦始皇所玩过的把戏了，我接到了警告，就仓皇离去了寓居。先在江浙附近的穷乡里，游息了几天，偶而看见了一家扫墓的行舟，乡愁一动，就定下了归计。绕了一个大弯，赶到故乡，却正好还在清明寒食的节前。和家人等去上了几处坟，与许久不曾见过面的亲戚朋友，来往热闹了几天，一种乡居的倦怠，忽而袭上心来了，于是乎我就决心上钓台去访一访严子陵的幽居。

钓台去桐庐县城二十余里，桐庐去富阳县治九十里不足，自富阳溯江而上，坐小火轮三小时可达桐庐，再上则须坐帆船了。

我去的那一天，记得是阴晴欲雨的养花天，并且系坐晚班轮去的，船到桐庐，已经是灯火微明的黄昏时候了，不得已就只得在码头近边的一家旅馆的高楼上借了一宵宿。

桐庐县城,大约有三里路长,三千多烟灶,一二万居民,地在富春江西北岸,从前是皖浙交通的要道,现在杭江铁路一开,似乎没有一二十年前的繁华热闹了。尤其要使旅客感到萧条的,却是桐君山脚下的那一队花船失去了踪影。说起桐君山,却是桐庐县的一个接近城市的灵山胜地。山虽不高,但因有仙,自然是灵了。以形势来论,这桐君山,也的确是可以产生出许多口音生硬、别具风韵的桐严嫂来的生龙活脉。地处在桐溪东岸,正当桐溪和富春江合流之所,依依一水,西岸便瞰视着桐庐县市的人家烟树。南面对江,便是十里长洲;唐诗人方干的故居,就在这十里桐洲九里花的花田深处。向西越过桐庐县城,更遥遥对着一排高低不定的青峦,这就是富春山的山子山孙了。东北面山下,是一片桑麻沃地,有一条长蛇似的官道,隐而复现,出没盘曲在桃花杨柳洋槐榆树的中间,绕过一支小岭,便是富阳县的境界,大约去程明道的墓地程坟,总也不过一二十里地的间隔。我去拜谒桐君,瞻仰道观,就在那一天到桐庐的晚上,是淡云微月,正在作雨的时候。

鱼梁渡头,因为夜渡无人,渡船停在东岸的桐君山下。我从旅馆踱了出来,先在离轮埠不远的渡口停立了几分钟。后来向一位来渡口洗夜饭米的年轻少妇,弓身请问了一回,才得到了渡江的秘诀。她说:"你只须高喊两三声,船自会来的。"先谢了她教我的好意,然后以两手围成了播音的喇叭,"喂,喂,渡船请摇过来!"地纵声一喊,果然在半江的黑影当中,船身摇动了。渐摇渐近,五分钟后,我在渡口,却终于听出了咿呀柔橹的声音。时间似乎已经入了酉时的下刻,小市里的群动,这时候都已经静息，自从渡口的那位少妇，在微茫的夜色里，藏去了她那张白团团的面影之后，我独立在江边，不知不觉心里头却兀自感到了一种他乡日暮的悲哀。渡船到岸，船头上起了几声微微的水浪清音，又铜东的一响，我早已跳上了船，渡船也已掉过头来了。坐在黑影沉沉的舱里，我起先只在静听着柔橹划水的声音，然后却在黑影里看出了一星船家在吸着的长烟管头上的烟火，最后因为被沉默压迫不过，我只好开口说话了："船家！你这样的渡我过去，该给你几个船钱？"我问。"随你先生把几个就是。"船家的说话冗慢幽长，似乎已经带着些睡意了，我就向袋里摸出了两角钱来。"这两角钱。就算是我的渡船，请你候我一会，上山去烧一次夜香，我是依旧要渡过江来的。"船家的回答，只是恩恩乌乌，幽幽同牛叫似的一种鼻音，然而从继这鼻音而起的两三声轻快的喀声听来，他却似已经在感到满足了，因为我也知道，乡间的义渡，船钱最多也不过是两三枚铜子而已。

到了桐君山下，在山影和树影交掩着的崎岖道上，我上岸走不上几步，就被一块乱石拌倒，滑跌了一次。船家似乎也动了恻隐之心了，一句话也不发，跑将上来，他却突然交给了我一盒火柴。我于感谢了一番他的盛意之后，重整步伐，再摸上山去，先是必须点一枝火柴走三五步路的，但到得半山，路既就了规律，而微云堆里的半规月色，也朦胧地现出一痕银线来了，所以手里还存着的半盒火柴，就被我藏入了袋里。路是从山的西北，盘曲而上，渐走渐高，半山一到，天也开朗了一点，桐庐县市上的灯火，也星星可数了。更纵目向江心望去，富春江两岸的船上和桐溪合流口停泊着的船尾船头，也看得出一点一点的火来。走过半山，桐君观里的晚祷钟鼓，似乎还没有息尽，耳朵里仿佛听见了几丝木鱼钲钹的残声。走上山顶，先在半途遇着一道观外围的女墙，这女墙的栅门，却已经掩上了。在栅门外徘徊了一刻，觉得已经到了此门而不进去，终于是不能满足我这一次暗夜冒险的好奇怪癖的。所以细想了几次，还是决心进去，非进去不可，轻轻用手往里面一推，栅门却呀的一声，早已退向了后方开开了，这门原来是虚掩在那里的。进了栅门，踏着为淡月所映照的石砌平路，向东向南的空走了五六十步，居然走到了道观的大门之外，这两扇朱红漆的大门，不消说是紧闭在那里的。到了此地，我却不想再破门进去了，因为这大门是朝南向着大江开的，门外头是一条一丈来宽的石砌步道，步道的一旁是道观的墙，一旁便是山坡，靠山坡的一面，并且还有一道二尺来高的石墙筑在那里，大约是代替栏杆，防人倾跌下山去的用意，石墙之上，铺的是二三尺宽的青石，在这似石栏又似石凳的墙上，尽可以坐卧游息，饱看桐江和对岸的风景，就是在这里坐它一晚，也很可以，我又何必去打开门来，惊起那些老道的噩梦呢？

空旷的天空里，流涨着的只是些灰白的云，云层缺处，原也看得出半角的天，和一点两点的星，但看起来最饶风趣的，却仍是欲藏还露，将见仍无的那半规月影。这时候江面上似乎起了风，云脚的迁移，更来得迅速了，而低头向江心一看，几多散乱着的船里的灯光，也忽明忽灭地变换了位置。

这道观大门外的景色，真神奇极了。我当十几年前，在放浪的游程里，曾向瓜洲京口一带，消磨过不少的时日。那时觉得果然名不虚传的，确是甘露寺外的江山，而现在到了桐庐，昏夜上这桐君山来一看，又觉得这江山之秀而且静，风景的整而不散，却非那天下第一江山的北固山所可与比拟的了。真也难怪得严子陵，难怪得戴征士，倘使我若能在这样的地方结屋读书，以养天年，那还要什么的高官厚禄，还要什么的浮名虚誉哩？一个人在这桐君观前的石凳上，看看山，看看水，看看城中的灯火和天上的星云，更做做浩无边际的无聊的幻梦，我竟忘记了时刻，忘记了自身，直等到隔江的击柝声传来，向西一看，忽而觉得城中的灯影微茫地减了，才跑也似的走下了山来，渡江奔回了客舍。

第二日清晨，觉得昨天在桐君观前做过的残梦正还没有续完的时候，窗外面忽而传来了一阵吹角的声音。好梦虽被打破，但因这同吹箎篥似的商音哀咽，却很含着些荒凉的古意，并且晓风残月，杨柳岸边，也正好候船待发，上严陵去；所以心里虽怀着些儿怨恨，但脸上却只现出了一痕微笑，起来梳洗更衣，叫茶房去雇船去。雇好了一只双桨的渔舟，买就了些酒菜鱼米，就在旅馆前面的码头上上船，轻轻向江心摇出去的时候，东方的云幕中间，已现出了几丝红晕，有八点多钟了。舟师急得厉害，只在埋怨旅馆的茶房，为什么昨晚上不预先告诉，好早一点出发。因为此去就是七里滩头，无风七里，有风七十里，上钓台去玩一趟回来，路程虽则有限，但这几日风雨无常，说不定要走夜路，才回来得了的。

过了桐庐，江心狭窄，浅滩果然多起来了。路上遇着的来往的行舟，数目也是很少，因为早晨吹的角，就是往建德去的快班船的信号，快班船一开，来往于两埠之间的船就不十分多了。两岸全是青青的山，中间是一条清浅的水，有时候过一个沙洲，洲上的桃花菜花，还有许多不晓得名字的白色的花，正在喧闹着春暮，吸引着蜂媒。我在船头上一口一口地喝着严东关的药酒，指东话西地问着船家，这是什么山？那是什么港？惊叹了半天，称颂了半天，人也觉得倦了。不晓得什么时候，身子却走上了一家水边的酒楼，在和数年不见的几位已经做了党官的朋友高谈阔论。谈论之余，还背诵了一首两三年前曾在同一的情形之下做成的歪诗：

        不是尊前爱惜身，佯狂难免假成真，曾因酒醉鞭名马，生怕情多累美人。劫数东南天作孽，鸡鸣风雨海扬尘，悲歌痛哭终何补，义士纷纷说帝秦。

    直到盛筵将散，我酒也不想再喝，和几位朋友闹得心里各自难堪，连对旁边坐着的两位陪酒的名花都不愿意开口。正在这上下不得的苦闷关头，船家却大声的叫了起来说：

"先生，罗芷过了，钓台就在前面，你醒醒罢，好上山去烧饭吃去。"

擦擦眼睛，整了一整衣服，抬起头来一看，四面的水光山色又忽而变了样子了。清清的一条浅水，比前又窄了几分，四围的山包得格外的紧了，仿佛是前无去路的样子。并且山容峻削，看去觉得格外的瘦格外的高。向天上地下四围看去，只寂寂的看不见一个人类。双桨的摇响，到此似乎也不敢放肆了，钓的一声过后，要好半天才来一个幽幽的回响，静，静，静，身边水上，山下岩头，只沉浸着太古的静，死灭的静，山峡里连飞鸟的影子也看不见半只。前面的所谓钓台山上，只是两个大石垒，一间歪斜的亭子，许多纵横芜杂的草木。山腰里的那座祠堂，也只露着些废垣残瓦，屋上面连炊烟都没有一丝半缕，像是好久好久没有人住了的样子。并且天气又来得阴森，早晨曾经露一露脸过的太阳，这时候早已深藏在云堆里了，余下来的只是时有时无从侧面吹来的阴飕飕的半箭儿山风。船靠了山脚，跟着前面背着酒菜鱼米的船夫走上严先生祠堂去的时候，我心里真有点害怕，怕在这荒山要遇见一个干枯苍老得同丝瓜筋似的严先生的鬼魂。

在祠堂西院的客厅里坐定，和严先生的不知第几代的裔孙谈了几句关于年岁水旱的话后，我的心跳也渐渐儿的镇静下去了，嘱托了他以煮饭烧菜的杂务，我和船家就从断碑乱石中间爬上了钓台。

东西两石垒，高各有二三百尺，离江面约两里远，东西台相去只有一二百步，但其间却夹着一条深谷。立在东台，可以看得出罗芷的人家，回头展望来路，风景似乎散漫一点，而一上谢氏的西台，向西望去，则幽谷里的情景，却绝对的不像是在人间了。我虽则没有到过瑞士，但到了西台，朝西一看，立时就想起了曾在照片上看见过的威廉退儿的祠堂。这四山的幽静，这江水的青蓝，简直同在画片上的珂罗版色彩，一色也没有两样，所不同的，就是在这儿的变化更多一点，周围的环境更芜杂不整齐一点而已，但这却是好处，这正是足以代表东方民族性的颓废荒凉的美。

从钓台下来，回到严先生的祠堂——记得这是洪杨以后严州知府戴槃重建的祠堂——西院里饱啖了一顿酒肉，我觉得有点酩酊微醉了。手拿着以火柴柄制成的牙签，走到东面供着严先生神像的龛前，向四面的破壁上一看，翠墨淋漓，题在那里的，竟多是些俗而不雅的过路高官的手笔。最后到了南面的一块白墙头上，在离屋檐不远的一角高处，却看到了我们的一位新近去世的同乡夏灵峰先生的四句似邵尧夫而又略带感慨的诗句。夏灵峰先生虽则只知崇古，不善处今，但是五十年来，像他那样的顽固自尊的亡清遗老，也的确是没有第二人。比较起现在的那些官迷财迷的南满尚书和东洋宦婢来，他的经术言行，姑且不必去论它，就是以骨头来称称，我想也要比什么罗三郎郑太郎辈，重到好几百倍。慕贤的心一动，醺人的臭技自然是难熬了，堆起了几张桌椅，借得了一枝破笔，我也向高墙上在夏灵峰先生的脚后放上了一个陈屁，就是在船舱的梦里，也曾微吟过的那一首歪诗。

从墙头上跳将下来，又向龛前天井去走了一圈，觉得酒后的干喉，有点渴痒了，所以就又走回到了西院，静坐着喝了两碗清茶。在这四大无声，只听见我自己的啾啾喝水的舌音冲击到那座破院的败壁上去的寂静中间，同惊雷似的一响，院后的竹园里却忽而飞出了一声闲长而又有节奏似的鸡啼的声来。同时在门外面歇着的船家，也走进了院门，高声对我说：

"先生，我们回去罢，已经是吃点心的时候了，你不听见那只鸡在后山啼么？我们回去罢！"

一九三二年八月上海写

春 雨

梁遇春

　　整天的春雨，接着是整天的春阴，这真是世上最愉快的事情了。我向来厌恶晴朗的日子，尤其是骄阳的春天；在这个悲惨的地球上忽然来了这么一个欣欢的气象，简直像无聊赖的主人宴饮生客时拿出来的那副古怪笑脸，完全显出宇宙里的白痴成分。在所谓大好的春光之下，人们都到公园大街或者名胜地方去招摇过市，像猩猩那样嘻嘻笑着，真是得意忘形，弄到变成为四不像了。可是阴霾四布或者急雨滂沱的时候，就是最沾沾自喜的财主也会感到苦闷，因此也略带了一些人的气味，不像好天气时候那样望着阳光，盛气凌人地大踏步走着，颇有上帝在上，我得其所的意思。至于懂得人世哀怨的人们，黯淡的日子可说是他们唯一光荣的时光。穹苍替他们流泪，乌云替他们皱眉，他们觉到四围都是同情的空气，仿佛一个堕落的女子躺在母亲怀中，看见慈母一滴滴的热泪溅到自己的泪痕，真是润遍了枯萎的心田。斗室中默坐着，忆念十载相违的密友，已经走去的情人，想起生平种种的坎坷，一身经历的苦楚，倾听窗外檐前凄清的滴沥，仰观波涛浪涌，似无止期的雨云，这时一切的荆棘都化作洁净的白莲花了，好比中古时代那班圣者被残杀后所显的神迹。"最难风雨故人来"，阴森森的天气使我们更感到人世温情的可爱，替从苦雨凄风中来的朋友倒上一杯热茶时候，我们很有放下屠刀、立地成佛子的心境。"风雨如晦，鸡鸣不已"，人类真是只有从悲哀里滚出来才能得到解脱，千锤百炼，腰间才有这一把明晃晃的钢刀，"今日把似君，谁为不平事。""山雨欲来风满楼"，这很可以象征我们孑立人间、尝尽辛酸、远望来日大难的气概，真好像思乡的客子拍着栏干，看到郭外的牛羊，想起故里的田园，怀念着宿草新坟里当年的竹马之交，泪眼里仿佛模糊辨出龙钟的父老蹒跚走着，或者只瞧见几根靠在破壁上的拐杖的影子。所谓生活术恐怕就在于怎么样当这么一个临风的征人罢。无论是风雨横来，无论是澄江一练，始终好像惦记着一个花一般的家乡，那可说就是生平理想的结晶，蕴在心头的诗情，也就是明哲保身的最后壁垒了；可是同时还能够认清眼底的江山，把住自己的步骤，不管这个异地的人们是多么残酷，不管这个他乡的水土是多么不惯，却能够清瘦地站着，戛戛然好似狂风中的老树。能够忍受，却没有麻木，能够多情，却不流于感伤，仿佛楼前的春雨，悄悄下着，遮着耀目的阳光，却滋润了百草同千花。檐前的燕子躲在巢中，对着如丝如梦的细雨呢喃，真有点像也向我道出此中的消息。

可是春雨有时也凶猛得可以，风驰电掣，从高山倾泻下来也似的，万紫千红，都付诸流水，看起来好像是煞风景的，也许是别有怀抱罢。生平性急，一二知交常常焦急万分地苦口劝我，可是暗室扪心，自信绝不是追逐事功的人，不过对于纷纷扰扰的劳生却常感到厌倦，所谓性急无非是疲累的反响罢。有时我却极有耐心，好像废殿上的玻璃瓦，一任他风吹雨打，霜蚀日晒，总是那样子痴痴地望着空旷的春天。我又好像能够在汉字碑面前坐下，慢慢地去冥想这块石板的深意，简直是个蒲团已碎，呆然趺坐着的老僧，想赶快将世事了结，可以抽身到紫竹林中去逍遥，跟把世事撇在一边，大隐隐于市，就站在热闹场中来仰观天上的白云，这两种心境原来是不相矛盾的。我虽然还没有，而且绝不会跳出人海的波澜，但是拳拳之意自己也略知一二，大概摆动于焦躁与倦怠之间，总以无可奈何天为中心罢。所以我虽然爱濛濛茸茸的细雨，我也爱大刀阔斧的急雨，纷至沓来，洗去阳光，同时也洗去云雾，使我们想起也许此后永无风恬日美的光阴了，也许老是一阵一阵的暴雨，将人世哀乐的踪迹都漂到大海里去，白浪一翻，什么渣滓也看不出了。焦躁同倦怠的心境在此都得到涅槃的妙悟，整个世界就像客走后，撤下筵席，洗得顶干净，排在厨房架子上的杯盘。当个主妇的创造主看着大概也会微笑罢，觉得一天的工作总算告终了。最少我常常臆想这个还了本来面目的大地。

可是最妙的境界恐怕是尺牍里面那句滥调，所谓"春雨缠绵"罢。一连下了十几天的霉雨，好像再也不会晴了，可是时时刻刻都有晴朗的可能。有时天上现出一大片的澄蓝，雨脚也慢慢收束了，忽然间又重新点滴凄清起来，那种捉摸不到，万分别扭的神情真可以做这个哑谜一般的人生的象征。记得十几年前每当连朝春雨的时候，常常剪纸作和尚形状，把他倒贴在水缸旁边，意思是叫老天不要再下雨了，虽然看到院子里雨脚下一粒一粒新生的水泡我总觉到无限的欣欢，尤其当急急走过檐前，脖子上溅几滴雨水的时候。可是那时我对于春雨的情趣是不知不觉之间贪图到的，并没有凝神去寻找，等到知道怎么样去欣赏恬适的雨声时候，我却老在干燥的此地做客，单是夏天回去，看看无聊的骤雨，过一过雨瘾罢了。因此"小楼一夜听春雨"的快乐当面错过，从我指尖上滑走了。盛年时候好梦无多，到现在彩云已散，一片白茫茫，生活不着边际，如堕五里雾中，对于春雨的怅惘只好算作内中的一小节罢，可是仿佛这一点很可以代表我整个的悲哀情绪。但是我始终喜欢冥想春雨，也许因为我对于自己的愁绪很有顾惜爱抚的意思；我常常把陶诗改过来，向自己说道："衣沾不足惜，但愿恨无违。"我会爱凝恨也似的缠绵春雨，大概也因为自己有这种的心境罢。

春意挂上了树梢

萧 红

三月，花还没有开，人们嗅不到花香，只是马路上融化了积雪的泥泞干起来。天空打起朦胧的、多有春意的云彩；暖风和轻纱一般浮动在街道上、院宇里。春末了，关外的人们才知道春来。春是来了，街头的白杨树抽着芽，拖马车的马冒着气，马车夫们的大毡靴也不见了，行人道上外国女人的脚又从长筒套鞋里显现出来。笑声，见面打招呼声，又复活在行人道上。商店为着快快的传布春天的感觉，橱窗里的花已经开了，草也绿了，那是布置着公园的夏景。我看得很凝神的时候有人撞了我一下，是汪林，她也戴着那样小沿的帽子。

"天真暖啦！走路都有点热。"

看着她转过"商市街"，我们才来到另一家店铺，并不是买什么，只是看看，同时晒晒太阳。这样好的行人道，有树，也有椅子，坐在椅子上把眼睛闭起，一切春的梦，春的谜，春的暖力……这一切把自己完全陷进去。

听着，听着吧！春在歌唱……

"大爷大奶奶……帮帮吧……"这是什么歌呢，从背后来的？这不是春天的歌吧！

那个叫化子嘴里吃着个烂梨，一条腿和一只脚肿得把另一只显得好像不存在似的。

"我的腿冻坏啦！大爷帮帮吧！唉唉……"

有谁还记得冬天？阳光这样暖了！街树抽着芽！

手风琴在隔道唱起来，这也不是春天的调子，只要一看到那个盲人为着拉琴而扭歪的头，就觉得很残忍。盲人他摸不到春天，他没有眼睛。坏了腿的人他走不到春天，他有腿也等于无腿。世界上这一些不幸的人存在着也等于不存在，倒不如赶早把他们消灭掉，免得在春天他们会唱这样难听的歌。

汪林在院心吸着一支烟卷，她又换一套衣裳。那是淡绿色的，和树枝发出的芽一样的颜色。她腋下挟着一封信，看见我们赶忙把信装进衣袋去。

"大概又是情书吧！"郎华随便说着玩笑话。

她跑进屋去了。香烟的烟缕在门外打了一下旋卷才消灭。

夜，春夜，中央大街充满了音乐的夜。流浪人的音乐，日本舞场的音乐，外国饭店的音乐……

七点钟以后。中央大街的中段，在一条横口，那个很响的播音机哇哇地叫起来，这歌声差不多响彻全街。若站在商店的玻璃窗前，会疑心是从玻璃发着震响。一条完全在风雪里寂寞的大街，今天第一次又号叫起来。

外国人！绅士样的，流氓样的，老婆子，少女们，跑了满街……有的连起人排来封闭住商店的窗子，但这只限于年青人。也有的同唱机一样唱起来，但这也只限于年青人。这好像特有的，年青人的集会。他们和姑娘们一道说笑，和姑娘们连起排来走。中国人来混在这些卷发人中间少得只有七分之一，或八分之一。但是汪林在其中，我们又遇到她。她和另一个，也和她同样打扮得漂亮的、白脸的女人同走……卷发的人用俄国话说她漂亮，她也用俄国话和他们笑了一阵。

中央大街的南端，人渐渐稀疏了。

墙根，转角，都发现着哀哭，老头子，孩子，母亲们……哀哭着的是永久被人间遗弃的人们！

那边，还望得见那边快乐的人群，还听得见那边快乐的声音。

三月。花还没有开，人们嗅不到花香。

夜的街，树枝上嫩绿的芽子看不见，是冬天吧？是秋天吧？但快乐的人们不问四季总是快乐，哀哭的人们不问四季也总是哀哭！

一九三五年清明

春底林野

许地山

　　春光在万山环抱里，更是泄露得迟。那里底桃花还是开着；漫游的薄云从这峰飞过那峰，有时稍停一会，为的是挡住太阳，教地面底花草在它底荫下避避光焰底威吓。

　　岩下底荫处和山溪底旁边满长了薇蕨和其它凤尾草。红、黄、蓝、紫的小草花点缀在绿茵上头。

　　天中底云雀，林中底金莺，都鼓起它们底舌簧。轻风把它们底声音挤成一片，分送给山中各样有耳无耳的生物。桃花听得入神，禁不住落了几点粉泪，一片一片凝在地上。小草花听得大醉，也和着声音底节拍一会倒，一会起，没有镇定的时候。

　　林下一班孩子正在那里捡桃花底落瓣哪。他们捡着，清儿忽嚷起来，道："嗄，邕邕来了！"众孩子住了手，都向桃林底尽头盼望。果然邕邕也在那里摘草花。

　　清儿道："我们今天可要试试阿桐底本领了。若是他能办得到，我们都把花瓣穿成一串璎珞围在他身上，封他为大哥如何？"

众人都答应了。

阿桐走到邕邕面前，道："我们正等着你来呢。"

阿桐底左手盘在邕邕底脖上，一面走一面说："今天他们要替你办嫁妆，教你做我底妻子。你能做我底妻子么？"

邕邕狠视了阿桐一下，回头用手推开他，不许他底手再搭在自己脖上。孩子们都笑得支持不住了。

众孩子嚷道："我们见过邕邕用手推人了！阿桐赢了！"

邕邕从来不会拒绝人，阿桐怎能知道一说那话，就能使她动手呢？是春光底荡漾，把他这种心思泛出来呢？或者，天地之心就是这样呢？

你且看：漫游的薄云还是从这峰飞过那峰。

你且听：云雀和金莺底歌声还布满了空中和林中。在这万山环抱的桃林中，除那班爱闹的孩子以外，万物把春光领略得心眼都迷蒙了。

五 月 的 北 平

张恨水

能够代表东方建筑美的城市，在世界上，除了北平，恐怕难找第二处了。描写北平的文字，由国文到外国文，由元代到今日，那是太多了，要把这些文字抄写下来，随便也可以出百万言的专书。现在要说北平，那真是一部廿四史，无从说起。若写北平的人物，就以目前而论，由文艺到科学，由最崇高的学者到雕虫小技的绝世能手，这个城圈子里，也俯拾即是，要一一介绍，也是不可能。北平这个城，特别能吸收有学问、有技巧的人才，宁可在北平为静止得到生活无告的程度，他们不肯离开。不要名，也不要钱，就是这样穷困着下去。这实在是件怪事。你又叫我写哪一位才让圈子里的人过瘾呢？

静的不好写，动的也不好写，现在是五月（旧的历法合四月），我们还是写点五月的眼前景物吧。北平的五月，那是一年里的黄金时代。任何树木，都发生了嫩绿的叶子，处处是绿荫满地。卖芍药花的担子，天天摆在十字街头。洋槐树开着其白如雪的花，在绿叶上一球球地顶着。街，人家院落里，随处可见。柳絮飘着雪花，在冷静的胡同里飞。

枣树也开花了，在人家的白粉墙头，送出兰花的香味。北平春季多风，但到五月，风季就过去了（今年春季无风）。市民开始穿起夹衣，在不暖的阳光里走。北平的公园，既多且大。只要你有工夫，花不成其为数目的票价，亦可以在锦天铺地、雕栏玉砌的地方消磨一半天。

照着上面所谈，这范围还是太广，像看《四库全书》一样。虽然只成个提要，也觉得应接不暇。让我来缩小范围，只谈一个中人之家吧。北平的房子，大概都是四合院。这个院子，就可以雄视全国建筑。洋楼带花园，这是最令人羡慕的新式住房。可是在北平人看来，那太不算一回事了。北平所谓大宅门，哪家不是七八上下十个院子？哪个院子里不是花果扶疏？这且不谈，就是中产之家，除了大院一个，总还有一两个小院相配合。这些院子里，除了石榴树、金鱼缸，到了春深，家家由屋里度过寒冬搬出来。而院子里的树木，如丁香、西府海棠、藤萝架、葡萄架、垂柳、洋槐、刺槐、枣树、榆树、山桃、珍珠梅、榆叶梅，也都成人家普通的栽植物，这时，都次第地开过花了。尤其槐树，不分大街小巷，不分何种人家，到处都栽着有。在五月里，你如登景山之巅，对北平城作个鸟瞰，你就看到北平市房全参差在绿海里。这绿海就大部分是槐树造成的。

洋槐传到北平，似乎不出五十年。所以这类树，树木虽也有高到五六丈的，都是树干还不十分粗。刺槐却是北平的土产，树兜可以合抱，而树身高到十丈的，那也很是平常。洋槐是树叶子一绿就开花，正在五月，花是成球地开着，串子不长，远望有些像南方的白绣球。刺槐是七月开花，都是一串串有刺，像藤萝（南方叫紫藤）。不过是白色的而已。洋槐香浓，刺槐不大香，所以五月里草绿油油的季节，洋槐开花，最是凑趣。

在一个中等人家，正院子里可能就有一两株槐树，或者是一两株枣树。尤其是城北，枣树逐家都有，这是"早子"的谐音，取一个吉利。在五月里，下过一回雨，槐叶已在院子里着上一片绿荫。白色的洋槐花在绿枝上堆着雪球，太阳照着，非常的好看。枣子花是看不见的，淡绿色，和小叶的颜色同样，而且它又极小，只比芝麻大些，所以随便看不见。可是它那种兰蕙之香，在风停日午的时候，在月明如昼的时候，把满院子都浸润在幽静淡雅的境界。假使这人家有些盆景（必然有），石榴花开着火星样的红点，夹竹桃开着粉红的桃花瓣，在上下皆绿的环境中，这几点红色，娇艳绝伦。北平人又爱随地种草本的花籽，这时大小花秧全都在院子里拔地而出，一寸到几寸长的不等，全表示了欣欣向荣的样子。北平的屋子，对院子的一方面，照例下层是土墙，高二三尺，中层是大玻璃窗，玻璃大得像百货店的货窗相等，上层才是花格活窗。桌子靠墙，总是在大玻璃窗下。主人翁若是读书伏案写字，一望玻璃窗外的绿色，映入眉宇，那实在是含有诗情画意的。而且这样的点缀，并不花费主人什么钱的。

北平这个地方，实在适宜于绿树的点缀，而绿树能亭亭如盖的，又莫过于槐树。在东西长安街，故宫的黄瓦红墙，配上那一碧千株的槐林，简直就是一幅彩画。在古老的胡同里，四五株高槐，映带着平正的土路、低矮的粉墙，行人很少，在白天就觉得其意幽深，更无论月下了。在宽平的马路上，如南、北池子，如南、北长街，两边槐树整齐划一，连续不断，有三四里之长，远远望去，简直是一条绿街。在古庙门口，红色的墙，半圆的门，几株大槐树在庙外拥立，把低矮的庙整个罩在绿荫下，那情调是肃穆典雅的。在伟大的公署门口，槐树分立在广场两边，好像排列着伟大的仪仗，又加重了几分雄壮之气。太多了，我不能把她一一介绍出来，有人说五月的北平是碧槐的城市，那却是一点没有夸张。

当承平之时，北平人所谓"好年头儿"；在这个日子，也正是故都人士最悠闲舒适的日子，在绿荫满街的当儿，卖芍药花的平头车子整车的花骨蕾推了过去。卖冷食的担子，在幽静的胡同里叮当作响，敲着冰盏儿，这很表示这里一切的安定与闲静。渤海来的海味，如黄花鱼、对虾，放在冰块上卖，已特别有风趣。又如乳油杨梅、蜜饯樱桃、藤萝饼、玫瑰糕，吃起来还带些诗意。公园里绿叶如盖，三海中水碧如油，随处都是令人享受的地方。但是这一些，我不能、也不愿往下写。现在，这里是邻近炮火边沿，南方人来说这里是第一线了。北方人吃的面粉，三百多万元一袋；南方人吃的米，卖八万多元一斤。穷人固然是朝不保夕，中产之家虽改吃糙粉度日，也不知道这糙粮允许吃多久。街上的槐树虽然还是碧净如前，但已失去了一切悠闲的点缀，人家院子里，虽是不花钱的庭树，还依然送了绿荫来，这绿荫在人家不是幽丽，巧是凄凄惨惨的象征。谁实为之？孰令致之？我们也就无从问人，《阿房宫赋》前段写得那样富丽，后面接着是一叹："秦人不自哀！"现在的北平人，倒不是不自哀，其如他们哀亦无益何！

好一座富于东方美的大城市呀，他整个儿在战栗！好一座千年文化的结晶呀，他不断地在枯萎！呼吁于上天，上天无言，呼吁于人类，人类摇头。其奈之何！

春之悲哀

田 汉

薄寒中人的天气，何况又风雨连宵，把纸窗推开一望，我不觉失声叫道："你好苍白的脸，天啊！"庭前青翠的长松们有意无意地在他脸上乱晃，晃得他的脾气越大，脸色也越沉下来了。近窗几枝小翠柏，在雨中越青翠得爱人，可是不知伊心中有什么悲哀，无几根睫毛一样的小枝头含着无数颗溜圆圆、要坠不坠的泪珠儿，一见着轻轻拍伊肩头的风姨，便止不住泪珠儿纷纷地落下。枯树上几只 sentiment 的小鸟，正尖尖脆脆地唱"松山春雨"的歌儿，忽看见小柏儿这等伤悲，歌兴顿阑，又不好把什么普通的应酬话来慰藉伊，便一霎儿飞到别处唱去了。只有那打在瓦上、板上、地上的雨声，轻轻重重，远远近近地送到我耳鼓中来，使我忽然记起旧译罗细特・约翰生（Rossiter Johnson）的雨歌，歌曰：

> 他如何落，落，落，
>
> 落到这无涯的平陆！
>
> 他如何奔流到人家的门边！

他如何浸湿了行人的双足！

他如何低低敲着雨板儿鸣！

他如何打得蘼芜碧草乱纷纷！

他如何太息，悲吟，低语，

从黄昏直到天明！

这首诗还是我去年春假中安排做《易慈（Yeats）与 A．E．》时译的，距今可一年了。可是读这首诗的时候的情调，却是一样的。因为同样是初春，同样是初春风雨；所不同者人世风狂雨骤，把我们俩瓣香低首的梅花，一夜摧残。西望故国，想招那一缕梅魂，又凄凄濛濛不知向何处招去。当这样风雨愁人的时候重读这首雨诗，真叫人太息、悲吟、低语，从黄昏直到天明啊。

"春来了！春来了！"这是我这一周来在被窝中间，花园中间，和野外边所听到的自然的私语——

阳春，阳春，美丽的阳春，

你载着荣誉与光明以俱降；

你用那绿叶、鲜花和蝴蝶之翼，

把地球弄成一个仙乡。

灿烂啊，莲馨花——勃蓬啊，紫罗兰，

馥郁的春风碎饱夫万花之间。

起来啊，懒汉！谁还能够昏昏鼾睡，

不见那云雀已在碧空之上，蜜蜂已在棕榈之巅？

唱起极美的歌，弹起极高的弦，

且弹且唱同迎此美丽的春天。

读歌客（Eliza Cook）这一节春歌，尤觉得满身都漂着"春之欢喜"（joy of the spring）。四季的职分：春生，夏长，秋成，冬藏。春之欢喜真是一种"生之欢喜"（joy of life）！我和漱瑜两人在冬上遇了 our dear father 的"死之悲哀"以来，就没有真欢喜过一天，天天以我们悽怆的心眼望着天的灰暗色的面容！直到春天来了，天的脸色也为我们是 cheer up 几分了。我们的心、眼也清明几分了。想起梅舅去年的信上有"兹际一阳来复之候，万物皆有昭苏萌动之象，汝二人能从此努力遂其自然的生长，余所望也"之言，我们俩从去年春天一经到现在，到底遂了几分自然的成长虽不敢知，然今则云雀又在碧空之上了，蜜蜂又在棕榈之巅了，我们岂能不及时奋发以慰此厚望我们的人？再一思及此厚望我们者今已不幸成了隔世之人，谁又能自胜其悲哀呢？偶检爱读的德富芦花先生所著《自然与人生》的散文诗，至《春之悲哀》（*Sorrow of the Spring*）一则，此感益深。芦花先生曰：

步着原野，仰观着霞曼之空，闻着草香，听着汤汤流水之歌，向着抚人似的和风的时候，忽起一种难堪的怀想。刚想要捉他，又没有痕迹了。我的灵魂能不追慕他那远别的天的故乡吗？自然在春天里真是一个慈母。人和自然融合，被抱在自然的怀中，哀有限的人生，慕无限的永劫——就是在慈母的怀中感一种甘美似的悲哀。

嘻！哀此有限的人生，慕彼无限的永劫（grieve at our limited life here and long for limitless eternity somewhere）。这不是我的春之悲哀吗？

春底心

丽 尼

我寻找着，在春底怀中，想得到一枝桃花；春是这般地美丽的。

我几乎沉醉了，在春底怀中，但是我仍然继续着找寻。

少女们从我底身旁过去了，她们嗤嗤地笑着，说这是一个痴心的寻找，她们说："看那痴心的寻找者。"

似乎是，我是在荆棘之中寻找桃花。

我寻找着，在春底怀中，想得到一枝桃花；春是这般地美丽的。

红色的引诱，如同处女底唇一样的，使我沉醉着，不断地寻找。

越过了荆棘，藤和刺扯住了我底衣角；微风似乎是在怨语，似乎是说我过甚地冷淡了她。

也许是吧? 微风正吹动了我底薄衫。

我寻找着，在春底怀中，想得到一枝桃花；春是这般地美丽的。

苍古的庄园积废墟，我在幼时所曾沉醉的，如今都已被我遗忘。

当太阳沉落了，怕人的晚霞回照着我母亲底住屋的时候，有我儿时的游伴在那里轻声叹息。

但是，我仍然寻找着，离开着她们而寻找一枝桃花。

一九三一年四月

窗外的春光

庐　隐

　　几天不曾见太阳的影子，沉闷包围了她的心。今早从梦中醒来，睁开眼，一线耀眼的阳光已映射在她红色的壁上，连忙披衣起来，走到窗前，把洒着花影的素幔拉开。前几天种的素心兰，已经开了几朵，淡绿色的瓣儿，衬了一颗朱红色的花心，风致真特别，即所谓"冰洁花丛艳小莲，红心一缕更嫣然"了。同时一股沁人心脾的幽香，喷鼻醒脑，平板的周遭，立刻涌起波动，春神的薄翼，似乎已扇动了全世界凝滞的灵魂。

　　说不出是喜悦，还是惆怅，但是一颗心灵涨得满满的——莫非是满园春色关不住——不，这连她自己都不能相信，然而仅仅是为了一些过去的眷恋，而使这颗心不能安定吧！本来人生如梦，在她过去的生活中，有多少梦影已经模糊了，就是从前曾使她惆怅过，甚至于流泪的那种情绪，现在也差不多消逝净尽，就是不曾消逝的而在她心头的意义上，也已经变了色调，那就是说从前以为严重了不得的事，现在看来，也许仅仅只是一些幼稚的可笑罢了！

兰花的清香，又是一阵浓厚地包袭过来，几只蜜蜂嗡嗡地在花旁兜着圈子，她深切地意识到，窗外已充满了春光；同时二十年前的一个梦影，从那深埋的心底复活了：

一个仅仅十零岁的孩子，为了脾气的古怪，不被家人们的了解，于是把她送到一所因牢似的教会学校去寄宿。那学校的校长是美国人——一个五十岁的老处女，对于孩子们管得异常严厉，整月整年不许孩子走出那所建筑庄严的楼房外去；四围的环境又是异样的枯燥，院子是一片沙土地；在角落里时时可以发现被孩子们踏陷的深坑，坑里纵横着人体的骨骼，没有树也没有花，所以也永远听不见鸟儿的歌曲。

春风有时也许可怜孩子们的寂寞吧！在那洒过春雨的土地上，吹出一些青草来——有一种名叫"辣辣棍棍"的，那草根有些甜辣的味儿，孩子们常常伏在地上，寻找这种草根，放在口里细细地嚼咀；这可算是春给她们特别的恩惠了！

那个孤零的孩子，处在这种阴森冷漠的环境里，更是倔强，没有朋友，在她那小小的心灵中，虽然还不曾认识什么是世界；也不会给这个世界一个估价，不过她总觉得自己所处的这个世界，是有些乏味；她追求另一个世界。在一个春风吹得最起劲的时候，她的心也燃烧着更热烈的希冀，但是这所因牢似的学校，那一对黑漆的大门仍然严严地关着，就连从门缝看看外面的世界，也只是一个梦想。于是在下课后，她独自跑到地窖里去，那是一个更森严可怕的地方，四围是石板做的墙，房顶也是冷冰冰的大石板，走进去更有一股冷气袭上来，可是在她的心里，总觉得比那死气沉沉的校舍，多少些神秘性吧。最能引诱她当然还是那几扇矮小的窗子，因为窗子外就是一座花园。这一天她忽然看见窗前一丛蝴蝶兰和金钟罩，已经盛开了，这算给了她一个大诱惑，自从发现了这窗外的春光后，这个孤零的孩子，在她生命上，也开了一朵光明的花，她每天像一只猫儿般，只要有工夫，便蜷伏在那地窖的窗子上，默然地幻想着窗外神秘的世界。

她没有哲学家那种富有根据的想象，也没有科学家那种理智的头脑，她小小的心，只是被一种天所赋与的热情紧咬着。她觉得自己所坐着的这个地窖，就是所谓人间吧——一切都是冷硬淡漠，而那窗子外的世界却不一样了。那里一切都是美丽的，和谐的，自由的吧！她欣羡着那外面的神秘世界，于是那小小的灵魂，每每跟着春风，一同飞翔了。她觉得自己变成一只蝴蝶，在那盛开着美丽的花丛中翔翔着，有时她觉得自己是一只小鸟，直扑天空，伏在柔软的白云间甜睡着。她整日支着颐不动不响地尽量陶醉，直到夕阳逃到山背后，大地垂下黑幕时，她才怏怏地离开那灵魂的休憩地，回到陌生的校舍里去。

她每日每日照例地到地窖里来——一直过完了整个的春天。忽然她看见蝴蝶兰残了，金钟罩也倒了头，只剩下一丛深碧的叶子，苍茂的在薰风里撼动着，那时她竟莫明其妙地流下眼泪来。这孩子真古怪得可以，十零岁的孩子前途正远大着呢。这春老花残，绿肥红瘦，怎能惹起她那么深切的悲感呢?！但是孩子从小就是这样古怪，因此她被家人所摒弃，同时也被社会所摒弃。在她的童年里，便只能在梦境里寻求安慰和快乐，一直到她是否认现实世界的一切，她终成了一个疏狂孤介的人。在她三十年的岁月里，只有这些片段的梦境，维系着她的生命。

阳光渐渐地已移到那素心兰上,这目前的窗外春光,撩拨起她童年的眷恋,她深深的叹息了:"唉,多缺陷的现实的世界呵!在这春神努力的创造美丽的刹那间,你也想遮饰起你的丑恶吗?人类假使的连这些梦影般的安慰也没有,我真不知道人们怎能延续他们的生命哟!"

但愿这窗外的春光,永驻人间吧!她这样虔诚地默祝着,素心兰像是解意般地向她点着头。

春 雨

韦素园

在干亢的，尘沙飞扬的北京城里，本来不多雨。这几日，不知为了什么，落了一次，今晚又落起来了——想是送暮春的。

我的心陡然忆起当日青年争相传说的一件故事：

在古老的支那有一块曾经被外人蹂躏过的地方，早年来过了一个这样的异省少女：缟衣素手，意态幽然；每当午后，烈日偏西的时候，母亲睡了午觉，她便携着唯一的亲密的伴侣——约有六七岁的小弟弟，一阵轻启了扉门，向外面走去。

日子经久了，母亲有时醒来，不见爱女，便着人在外寻找。

"妈妈，我和姐姐在那边看学生体操。"刚一进门，小弟弟便这样说了。

母亲凝视着爱女，隐忍一声不语；爱女看了一看母亲，仿佛含有几分羞怯更有几丝怒意似的。

然而异乡做客，这些微的隔膜都在亲爱中燃烧去了。

有一日，小弟弟从外面跑回来，手里拿着糖果，笑咪咪地进了姐姐屋里。

"姐姐，"他进了房门便说，"那边有个学生给我买的这些东西，他原先本说带我去摘野果。"

少女两颊微泛红意了，仿佛更带点热；她的心里像有小鹿在跳，一把将小弟弟紧紧搂住，小弟弟几乎急得要哭了。

"哦，他别的可说了些什么？"少女轻轻地问，更显得不安了。

小孩子摇一摇头，从她的怀中脱出，将糖果向口中一塞，便跑往门外不见了。

日子经久了，小弟弟手中时常不断糖果；姐姐对小弟弟也更加热爱起来了。

太阳快下山了。少女临在阶前，注视着远方红光灿烂的暮霞；在这暮霞的里面仿佛有一种神秘的、不可言说——尤其对于少女——的东西似的。

这时候，小弟弟从外面走来，低低地说：

"姐姐，你回答他的，我已经告诉他了。哦你看这——"小弟弟说着这话，便将纸条递给了姐姐。她顺手将纸条塞进自己的口袋里。

"小弟弟，"她说，"我们一同到后园里去，我捉蜻蜓和蝴蝶给你。"

"好。"小弟弟答了一声，她们便携着手走去了。

夜色盖笼了大地。青藤下，微风吹来，感受到丝丝的凉意。少女心中在想："我明日傍晚怎好去践约会他呢？倘若我的母亲，倘若这四周的邻人要是知道……不过这也不大要紧。我害怕，我莫明其妙地畏惧，我很害怕初次看见了他……"这时候，在少女的脑海里，现出一条满生了绿草的蜿蜒的小道向海边迤去。在这小道上，有个青年，穿着海军制服，面孔红白，身体异常秀健……少女想，"倘若我也随着这位少年顺这山路走去，到了海边，我们又将说些什么呢？——'不去'——"这只在少女意念的困难中一现，便又如迅速的流星一般躲起了。

晚钟敲了十下，慈母呼爱女就寝。

前面是无际涯的大海，两旁环绕了葱茏的丛山，小道上，夕阳下，隐约着两个人影，缓缓地前进。

这时候，不知为什么消息透露到全校中的同学耳中了。在一种不可明的力的支配下，成群的青年抛下了晚餐，如中疯魔似的，也走上小道了。

海风吹得正紧，野木忽忽有声，可怜在这异样的衰老的支那古邦的命运压抑着他们，心血异常的沸腾起来了；他们想探一探这神秘的究竟。

海天，树木，野草，晚烟，暮霞……作了这奇迹般的陪衬。

少女，面临大海，当着晚风，挺立在海边不动……晚潮渐渐地上来了，浸湿了她的足下的沙石，一转眼便又将她的两脚盖下了……成群的学生在四外做了弓形坐着，围着她和他……最后有人提议：如果她说一声："请你们回去。"我们大家便走。

……

少女，面临大海，当着晚风，挺立在海边一动不动……

晚潮渐渐地上来了……

此时除低微的波声，一切都暂浸在沉默里。猝然间，好像发生了什么骇人的意外似的，学生都紧张地、慌忙地先后立了起来，折向旧道走去。"他"呢，在这剧烈的变化下，转睛一看，也便默然地随着他们。

晚潮是更高涨起来了……

"银姑娘！"——尖锐的急迫的喊声从一个约莫着有五十岁上下的，身着海军军官制服的，矍铄的老人口中发出："你怎么还站在这里！？"

少女听明了这正是她的父亲至友——极熟悉的海军校长的声音，她便转过了低垂的头，从晚潮中走出。

两颊映着夕阳和晚霞，红晕得不堪了。

美丽的时光和美丽的心情截然逝去。

热闷的、恼人的四壁紧包了少女的未消尽的残夏。有时弟弟邀请姐姐一同出去，她便婉辞了他："我们就在这看一看晚霞吧！"

绿荫下面，母亲晚间爱讲些故事，听得起劲时，倒也可减却苦恼。只是……只是当晚风从远远的、远远的海边送来晚潮的低低的细语的时候，她却静静地，静静地，若有所感似的，和着沙沙的叶声，暗暗地流下泪来。

残夏急驰过去，不久她便回到 P 城的学校了，在苦恼而且不敢向别人诉语时，她便将这生命上深刻了痕迹的隐情微微地泄露在洁白的纸上。

久之，她便成了一时享名的著作家——R君——有些人这样说。

我随手捻灭了灯，春雨仍滴沥地下着。这从未曾有的霁时的凄然凉爽的意绪仍继续飘浮在陡然的阴沉的暗黑里。

一九二五、四、二二，晚雨时记

第二辑

夏

扬州的夏日

朱自清

扬州从隋炀帝以来，是诗人文士所称道的地方；称道的多了，称道得久了，一般人便也随声附和起来。直到现在，你若向人提起扬州这个名字，他会点头或摇头说："好地方！好地方！"特别是没去过扬州而念过些唐诗的人，在他心里，扬州真像蜃楼海市一般美丽；他若念过《扬州画舫录》一类书，那更了不得了。但在一个久住扬州像我的人，他却没有那么多美丽的幻想，他的憎恶也许掩住了他的爱好；他也许离开了三四年并不去想它。若是想呢——你说他想什么？女人；不错，这似乎也有名，但怕不是现在的女人吧？——他也只会想着扬州的夏日，虽然与女人仍然不无关系的。

北方和南方一个大不同，在我看，就是北方无水而南方有。诚然，北方今年大雨，永定河，大清河甚至决了堤防，但这并不能算是有水；北平的三海和颐和园虽然有点儿水，但太平衍了，一览而尽，船又那么笨头笨脑的。有水的仍然是南方。扬州的夏日，好处大半便在水上——有人称为"瘦西湖"，这个名字真是太"瘦"了，假西湖之名以行，"雅得这样俗"，老实说，我是不喜欢的。下船的地方便是护城河，曼衍开去，曲曲折折，直到平山堂——这是你们熟悉的名字——有七八里河道，还有许多权权桠桠的支流。这条河其实也没有顶大的好处，只是曲折而有些幽静，和别处不同。

沿河最著名的风景是小金山，法海寺，五亭桥；最远的便是平山堂了。金山你们是知道的，小金山却在水中央。在那里望水最好，看月自然也不错——可是我还不曾有过那样福气。"下河"的人十之九是到这儿的，人不免太多些。法海寺有一个塔，和北海的一样，据说是乾隆皇帝下江南，盐商们连夜督促匠人造成的。法海寺著名的自然是这个塔；但还有一桩，你们猜不着，是红烧猪头。夏天吃红烧猪头，在理论上也许不甚相宜；可是在实际上，挥汗吃着，倒也不坏的。五亭桥如名字所示，是五个亭子的桥。桥是拱形，中一亭最高，两边四亭，参差相称；最宜远看，或看影子，也好。桥洞颇多，乘小船穿来穿去，另有风味。平山堂在蜀冈上。登堂可见江南诸山淡淡的轮廓；"山色有无中"一句话，我看是恰到好处，并不算错。这里游人较少，闲坐在堂上，可以永日。沿路光景，也以闲寂胜。从天宁门或北门下船。蜿蜒的城墙，在水里倒映着苍黝的影子，小船悠然地撑过去，岸上的喧扰像没有似的。

船有三种：大船专供宴游之用，可以挟妓或打牌。小时候常跟了父亲去，在船里听着谋得利洋行的唱片。现在这样乘船的大概少了吧？其次是"小划子"，真像一瓣西瓜，由一个男人或女人用竹篙撑着。乘的人多了，便可雇两只，前后用小凳子跨着：这也可算得"方舟"了。后来又有一种"洋划"，比大船小，比"小划子"大，上支布篷，可以遮日遮雨。"洋划"渐渐地多，大船渐渐地少，然而"小划子"总是有人要的。这不独因为价钱最贱，也因为它的伶俐。一个人坐在船中，让一个人站在船尾上用竹篙一下一下地撑着，简直是一首唐诗，或一幅山水画。而有些好事的少年，愿意自己撑船，也非"小划子"不行。"小划子"虽然便宜，却也有些分别。譬如说，你们也可想到的，女人撑船总要贵些；姑娘撑的自然更要贵啰。这些撑船的女子，便是有人说过的"瘦西湖上的姑娘"。船娘们的故事大概不少，但我不很知道。据说以乱头粗服，风趣天然为胜；中年而有风趣，也仍然算好。可是起初原是逢场作戏，或尚不伤廉惠；以后居然有了价格，便觉意味索然了。

北门外一带，叫作下街，"茶馆"最多，往往一面临河。船行过时，茶客与乘客可以随便招呼说话。船上人若高兴时，也可以向茶馆中要一壶茶，或一两种"小笼点心"，在河中喝着，吃着，谈着。回来时再将茶壶和所谓小笼，连价款一并交给茶馆中人。撑船的都与茶馆相熟，他们不怕你白吃。扬州的小笼点心实在不错，我离开扬州，也走过七八处大大小小的地方，还没有吃过那样好的点心；这其实是值得惦记的。茶馆的地方大致总好，名字也颇有好的。如香影廊，绿杨村，红叶山庄，都是到现在还记得的。绿杨村的幌子，挂在绿杨树上，随风飘展，使人想起"绿杨城郭是扬州"的名句。里面还有小池，丛竹，茅亭，景物最幽。这一带的茶馆布置都历落有致，迥非上海、北平方方正正的茶楼可比。

"下河"总是下午。傍晚回来，在暮霭朦胧中上了岸，将大褂折好搭在腕上，一手微微摇着扇子；这样进了北门或天宁门走回家中。这时候可以念"又得浮生半日闲"那一句诗了。

雨 后 虹

徐志摩

我记得儿时在家塾中读书,最爱夏天的打阵。塾前是一个方形铺石的"天井",其中有不砌的金鱼潭,周围杂生花草,几个积水的大缸,几盆应时的鲜花——这是我们的"大花园"。南边的夏天下午,蒸热得厉害,全靠傍晚一阵雷雨,来驱散暑气,黄昏时满天星出,凉风透院,我常常袒胸洗足和姊嫂兄弟婢仆杂坐在门口"风头里",随便谈笑,随便歌唱,算是绝大的快乐。但在白天不论天热得连气都转不过来,可怜的"读书官官"们,还是照常临帖习字,高喊着"黄鸟黄鸟","不亦说乎";虽则手里一把大蒲扇,不住地扇动,满须满腋的汗,依旧蒸炉似的透发,先生亦还是照常抽他的大烟,喝他的"清平乐府"。在这样烦溽的时候,对面四丈高白墙上的日影忽然隐息,清朗的天上忽然满布了乌云,花园里的水缸盆景,也沉静暗淡,仿佛等候什么重大的消息,书房里的光线也渐渐减淡,直到先生榻上那只烟灯,原来只像一磷鬼火,大放光明,满屋子里的书桌,墙上的字画,天花板上挂的方玻璃灯,都像变了形,怪可怕的。突然一股尖劲的凉风,穿透了重闷的空气,从窗外吹进房来，吹得我们毛骨悚然，满身腻烦的汗，几乎结冰，这感觉又痛快又难过；但我们那时的注意，都不在身体上，而在这凶兆所预告的大变，我们新学得的什么：洪水泛滥；混沌，天翻地覆；皇天震怒等等字句，立刻在我们小脑子的内库里跳了出来，益发引起孩子们：只望烟头起的本性。我们在这阴迷的时刻，往往相顾悍然，热性放开，大噪狂读，身子也狂摇得连生机都磔格作响。

同时沉闷的雷声，已经在屋顶发作，再过几分钟，只听得庭心里石板上劈拍有声，仿佛马蹄在那里踢踏：重复停了；又是一小阵沥淅；如此作了几次阵势，临了紧接着坍天破地的一个或是几个霹雳——我们孩子早把耳朵堵住——扁豆大的雨块，就狠命狂倒下来，屋溜屋檐，屋顶，墙角里的碎碗破铁罐，一齐同情地反响；楼上婢仆争收晒件的慌张咒笑声；关窗声；间壁小孩的嚷叫；雷声不住地震吼；天井里的鱼潭小缸，早已像煮沸的小壶，在那里狂流溢——我们很替可怜的金鱼们担忧；那几盆嫩好的鲜花，也不住地狂颤；阴沟也来不及收吸这汤汤的流水，石天井顷刻名副其实，水一直满出了尺半的阶沿，不好了！书房里的地平砖上都是水了！闪电像蛇似钻入室内，连先生肮脏的坑床都照得烁亮；有时外面厅梁上住家的燕子，也进我们书房来避难，东扑西投，情形又可怜又可笑。

在这一团糟之中，我们孩子反应的心理，却并不简单，第一，我们当然觉得好玩，这里，品林嘭朗，那里也品林嘭朗，原来又炎热又乏味的下午忽然变得这样异常地热闹，小孩哪一个不欢迎。第二，天空一打阵，大家起劲看，起劲开窗户，起劲听，当然写字的搁笔，念书的闭口，连先生（我们想）有时也觉得好玩！然而我记得我个人亲切的心理反应，仿佛猪八戒听得师父被女儿国招了亲，急着要散伙的心理。我希望那样半混沌的情形继续，电光永闪着，雨水倒着，水没上阶沿，漫入室内，因此我们读书写字的任务也永远止歇！孩子们怕拘束，最爱自由，爱整天玩，最恨坐定读书，最厌这牢狱一般的书房——犹之猪八戒一腔野心，其实不愿意跟着穷师父取穷经整天只吃些穷斋，所以关入书房的孩子，没有一个心愿的，底里没有一个不想造反；就是思想没有连贯力，同时书房和牢房收敛野性的效力也逐渐增大，所以孩子们至多短期逃学，暗祝先生生瘟病，很少敢昌言，从此不进书房的革命论。但暑天的打阵，却符合了我们潜伏的希冀，俄顷之间，天地变色，书房变色，有时连先生亦变色，无怪这聚锢的叛儿，这勉强修行的猪八戒，感觉到十二分的畅快，甚至盼望天从此再不要清明，雷雨从此再不要休止！

我生平最纯粹可贵的教育是得之于自然界，田野，森林，山谷，湖，草地，是我的课室；云彩的变幻，晚霞的绚烂，星月的隐现，田野的麦浪是我的功课；瀑吼，松涛，鸟语，雷声是我的教师，我的官觉是他们忠谨的学生，受教的弟子。

大部分生命的觉悟，只是耳目的觉悟；我整整过了二十多年含糊生活，疑视疑听疑嗅疑觉的一个生物！我记得我十三岁那年初次发现我的眼是近视，第一副眼镜配好的时候，天已昏黑，那时我在泥城桥附近和一个朋友走路，我把眼镜试带上去，仰头一望，异哉好一个伟大蓝净不相熟的天，张着几千百只指光闪铄的神眼，一直穿过我眼镜眼睛直贯我灵府深处，我不禁大声叫道，好天，今天才规复我眼睛的权利。

但眼镜虽好，只能助你看，而不能使你看；你若然不愿意来看，来认识，来享乐你的自然界，你就带十副二十副托立克，克立托也是无效！

我到今日才再能大声叫道："好天，今日才知道使用我生命的权利！"

我不抱歉"叫"得迟，我只怕配准了眼镜不知道"看"。

我方才记起小时在私塾里夏天打阵的往迹，我现在想记我二日前冒阵待虹的经验。

猫最好看的情形，是在春天下午她从地毯上午寐醒来，回头还想伸懒腰，出去游玩，猛然看见五步之内，站着一只傲慢不驯的野狗，她不禁大怒，把她二十个利爪一起尽性放开，扒紧在地毯上，把她的背无限地高控，像一个桥洞，尾巴旗杆似笔直竖起，满身的猫毛也满溢着她的义愤，她圆睁了她的黄睛，对准她的仇敌，从口鼻间哈出一声威吓。这是猫的怒，在旁边看她的人虽则很体谅她的发脾气，总觉得有趣可笑。我想我们站得远远地看人类的悲剧，有时也只觉得有趣可笑。我们在稳固的山楼上，看疾风暴雨，看牛羊牧童在雷震电飙中飞奔躲避，也只觉得有趣可笑。

笑，柏格森说，纯粹是智慧的，示深切的同情感兴，不能同时并存。所以我们需要领会悲剧或更深的情感——不论是事实或表现在文字里的——的意义，最简捷的方法是将我们自身和经验的对象同化，开振我们的同情力来替他设身处地。你体会伟大情感的程度愈高，你了解人道的范围亦愈广。我们对待自然界我以为也是如此。我们爱寻常草原，不如我们爱高山大水；爱市河庸沼，不如流涧大瀑；爱白日广天，不如朝彩晚霞；爱细雨微风，不如疾雷迅雨。

简言之，我们也爱自然界情感奋切的际会，他所行动的情绪，当然也不是平常庸气。

所以我十数年前在私塾爱打阵，如今也还是爱打阵，不过这爱字意义不尽同就是。

有一天我正在房里看书，列兰（房东的小女孩，她每次见天象变迁总来报告我，我看见两个最富贵的落日，都是她的功劳）跑来说天快打阵了。我一看，窗外果然完全矿灰色，一阵阵的灰在街心里卷起，路上的行人都急忙走着，天上已经叠好无数的雨饼，只等信号一动就下。我赶快穿了雨衣，外加我们的袍，戴上方帽，出门骑上自行车，飞快向我校门赶去。一路雨点已经雹块似抛下。河边满树开花的栗树，曼陀罗，紫丁香，一齐俯首蓄觫，专待恣暴，但他们芬芳的呼吸，却彻浃重实的空气，似乎向孟浪的狂且，乞情求免。我到校门的时候，满天几乎漆黑，雷声已动，门房迎着笑道："呀，你到得真巧，再过一分钟，你准让阵雨漫透！"我笑答道："我正为要漫透来的"！

我一口气跑到河边，四周估量了一下，觉得还是桥上的地位最好，我就去靠在桥栏上老等，我头顶正是那株靠河最大的榆树，对面是棵柳树，从柳树里望见先华亚学院的一角，和我们著名教堂的后背（King's Chapel）；两树的中间，正对校友居（Fellows' Building）的大部，中隔着百码见方齐整匀净葱翠的草庭。这是在我的右边。从柳树的左手望见亭亭倩倩三环洞，先华亚桥，她的妙景，整整地印在平静的康河里；河左岸的牧场上，依旧有几匹马几条黄白花牛在那里吃草，啮啮有声，完全不理会天时的变迁，只晓得勤拂着马鬃牛尾，驱逐愈狠的马蝇牛虫。此时天色虽则阴沉可怕，然我眼前绝美的一幅图画——绝色的建筑，庄严的寺角，绝色的绿草，绝色的河间桥，绝色的垂柳高桥——只是一片异样恬静，绝不露仓皇形色。草地上有三两只小雀，时常地跳跃；平常高唱好画者黑雀却都住了口，大约伏在巢里看光景，只远处偶然的鸦啼，散沙似从半天里撒下。

记得，桥上有我站着。

来了！雷雨都到了猖獗的程度，只听见自然界一体的喧哗；雷是鼓，雨落草地是沉溜的弦声，雨落水面是急珠走盘声，雨落柳上是疏郁的琴声，雨落桥阑是击草声。

西南角——牧场那一边我的左手，正对校友居——的云堆里，不时放射出电闪，穿过树林，仿佛好几条紧缠的金蛇，掠抛光景，一直打到教堂的颜色玻璃和校友居的青藤白石和凹屈别致的窗坡上，像几条洞偏担，同时打一块磨石大的火石，金花日射，光景骇目。

雨怒注不休。云色虽稍开明，但四围都是雨激起的烟雾苍茫，克莱亚的一面几乎看不清楚。我仰庇掬老翁的高荫，身上并不太湿，但桥上的水，却分成几个泥沟，急冲下来，我站在两条泥沟的中间，所以鞋也没有透水。同时我很高兴发现离我十几码一棵大榆树底下，也有两个人站着，但他们分明是避雨，不是像我来经验打阵。他们在那里划火抽烟，想等过这阵急需。

那边牧场方才不管天时变迁尽吃的朋友，此时也躲在场中间两枝榆树底下，马低着头，牛昂着头，在那里抱怨或是崇拜老天的变怒。

雨已经下了十几分钟，益发大了。雷电都已经休止，天色也更清明了。但我所仰庇的掬老翁，再也不能继续荫庇我，他老人家自己的胡髭，也支不住淋漓起来，结果是我浑身增加好几斤重量。有时作恶的水一直灌进我的领子，直溜到背上，寒透肌骨；桥栏也全没了，我脚下的干土，也已经渐次灭迹，几条泥沟，已经进成一大股浑流，踊跃进行，我下体也增加了重量，连胫骨都湿了。到这个时候，初阵的新奇已经过去，满眼只是一体的雨色，满耳只是一体的雨声，满身只是一体的雨感觉，我独身——避雨那两位，已逃入邻近的屋子里——在大雨里听淹，头上的方巾已成了湿巾，前后左右淋个不住，倒觉得无聊起来。

但我有希望，西天的云已经开解不少，露出夕阳的预兆，我想这雨一停一定有奇景出现——我于是立定主意和雨赌耐心。我向地上看，看无数的榆钱在急涡里乱转，还有几个不幸的虫蛾也葬身在这横流之中，我忽然想起道施滔奄夫斯基的一部小说里的一个设想，他说你若然发现你自己在沧海中一块仅仅容足的拳石上，浪涛像狮虎似向你身上扑来，你在这完全绝望的境地，你还想不想活命？我又想起康赖特的《大风》，人和自然原质的决斗。我又想象我在西伯利亚大雪地，穿着皮裘，手拿牧杖，站在一大群绵羊中间。我想战阵是冒险，恋爱是更大的冒险，死是最大的冒险。我想起耶稣，魔鬼，薇纳司，福贺司德；我想飞出这雨圈，去踏在雨云的背上，看他们工作。我想……半点钟已过，或心海里至少涌起了几万种幻想，但雨还是倒个不住。

又过了足足十分钟，雨势方才收敛。满林的鸟雀都出了家门，使劲地欢呼高唱；此时云彩很别致，东中北三路，还是满布着厚云，并且极低，似乎紧罩在教堂的 H 形尖阁上，但颜色已从乌黑转入青灰，西南隅的云已经开张了一只大口，从月牙形的云絮背后冲射出一海的明霞，仿佛菩萨背后的万道佛光，这精悍的烈焰，和方才初雨时的电闪一样，直照在教堂和校友居的上部，将一带白玻窗尽数打成纯粹的黄金，教堂颜色玻窗上的反射更为强烈，那些书中人物都像穿扮整齐，在金河里游泳跳舞。妙处尤在这些高宇的后背及顶头，只是一片深青，越显得西天云罅月漏的精神，彩焰奔腾的气象。

未雨之先万象都只是静，现在雨一过，风又敛迹，天上虽在那里变化，地上还是一体地静；就是阵前的静，是空气空实的现象，是严肃的静，这静是大动大变的符号先声，是火山将炸裂前的静；阵后的静不同，空气里的浊质，已经彻底洗净，草青树绿经过了恐怖，重复清新自喜，益发笑容可掬，四周的水气雾意也完全灭迹，这静是清的静，是平静，和悦安舒的静。在这静里，流利的鸟语，益发调新韵切，宛似金匙击玉磬，清脆无比。我对此自然从大力里产出的美；从剧变里透出的和谐；从纷乱中转出的恬静；从暴怒中映出的微笑；从迅奋里结成的安闲；只觉得胸头塞满——喜悦惊讶，爱好，崇拜，感奋的情绪，满身神经都感受强烈痛快的震撼，两眼火热地蓄泪欲流，声音肢体都随身旁的飞禽歌舞；同时我自顶至踵完全湿透浸透，方巾上还不住地滴水，假如有人见我，一定疑心我落水，但我那时绝对不觉得体外的冷，只觉得体内高乐的热（我也没有受寒）。

我正注目看西方渐次扫荡满天云锢的太阳，偶然转过身来，不禁失声惊叫。原来从校友居的正中起直到河的左岸，已经筑起一条鲜明五彩的虹桥！

八月六日

雷 雨 前

茅 盾

清早起来，就走到那座小石桥上。摸一摸桥石，竟像还带点热。昨天整天里没有一丝儿风。晚快边响了一阵子干雷，也没有风，这一夜就闷得比白天还厉害。天快亮的时候，这桥上还有两三个人躺着，也许就是他们把这些石头又睡得热烘烘。

满天里张着个灰色的幔。看不见太阳。然而太阳的威力好像透过了那灰色的幔，直逼着你头顶。

河里连一滴水也没有了，河中心的泥土也裂成乌龟壳似的。田里呢，早就像开了无数的小沟——有两尺多阔的，你能说不像沟么？那些苍白色的泥土，干硬得就跟水门汀差不多。好像它们过了一夜工夫还不曾把白天吸下去的热气吐完，这时它们那些扁长的嘴巴里似乎有白烟一样的东西往上冒。

站在桥上的人就同浑身的毛孔全都闭住，心口泛淘淘，像要呕出什么来。

这一天上午，天空老张着那灰色的幔，没有一点点漏洞，也没有动一动。也许幔外边有的是风，但我们罩在这幔里的，把鸡毛从桥头抛下去，也没见它飘飘扬扬踱方步。就跟住在抽出了空气的大筒里似的，人张开两臂用力行一次深呼吸，可是吸进来只是热辣辣的一股闷气。

汗呢，只管钻出来，钻出来，可是胶水一样，胶得你浑身不爽快，像结了一层壳。

午后三点钟光景，人像快要干死的鱼，张开了一张嘴，忽然天空那灰色的幔裂了一条缝！不折不扣一条缝！像明晃晃的刀口在这幔上划过。然而划过了，幔又合拢，跟没有划过的时候一样，透不进一丝儿风。一会儿，长空一闪，又是那灰色的幔裂了一次缝。然而中什么用？

像有一只巨人的手拿着明晃晃的大刀在外边想挑破那灰色的幔，像是这巨人已在咆哮发怒越来越紧了，一闪一闪满天空瞥过那大刀的光亮，隆隆隆，幔外边来了巨人的愤怒的吼声！

猛可地闪光和吼声都没有了，还是一张密不通风的灰色的幔！

空气比以前加倍闷！那幔比以前加倍厚！天加倍黑！

你会猜想这时那幔外边的巨人在揩着汗，歇一口气；你断得定他还要进攻。你焦躁地等着，等着那挑破灰色幔的大刀的一闪电光，那隆隆隆的怒吼声。

可是你等着，等着，却等来了苍蝇。它们从醒醒的地方飞出来，嗡嗡嗡的，绕住你，钉你的涂一层胶似的皮肤。戴红顶子像个大员模样的金苍蝇刚从粪坑里吃饱了来，专拣你的鼻子尖上蹲。

也等来了蚊子。哼哼哼地，像老和尚念经，或者老秀才读古文。苍蝇给你传染病，蚊子却老实要喝你的血呢！

你跳起来拿着蒲扇乱扑，可是赶走了这一边的，那一边又是一大群乘隙进攻。你大声叫喊，它们只回答你个哼哼哼，嗡嗡嗡！

外边树梢头的蝉儿却在那里唱高调："要死哟！ 要死哟！"

你汗也流尽了，嘴里干得像烧，你手里也软了，你会觉得世界末日也不会比这再坏！

然而猛可地电光一闪，照得屋角里都雪亮。幔外边的巨人一下子把那灰色的幔扯得粉碎了！ 轰隆隆，轰隆隆，他胜利地叫着。胡——胡——挡在幔外边整整两天的风开足了超高速度扑来了！ 蝉儿噤声，苍蝇逃走，蚊子躲起来，人身上像剥落了一层壳那么一爽。

霍！ 霍！ 霍！ 巨人的刀光在长空飞舞。

轰隆隆，轰隆隆，再急些！ 再响些吧！

让大雷雨冲洗出个干净清凉的世界！

在热波里喘息

郁达夫

因为还有许多未完的稿子想做，所以在一个月前，就定下了独身北上的计划。但一直到六月底止，上海的天气真也凉爽得可爱，因此一捱两捱，就捱到了七月。直至七月中旬将到，而忽然一变，上海竟变成了天天在百度以上的灼热地狱了。在这样的热波里浸着，便吐一口气都觉得累赘，还哪里有心想上车雇马，放心行旅呢？所以这几日来，只在小小的寄寓里，脱光了衣服，醉酒酣卧和看书。

第一部看的，是谷崎润一郎的《食蓼之虫》。三数年来，和谷崎的笔墨，疏远得也很长久了。这一次得到了春阳堂发行的这一册小本小说，真使我寝食俱忘，很快乐地消磨了一个午后，和半夜的炎热的时季。文笔的浑圆纯熟，本就是这一位作家的特技，而心理的刻划，周围环境的描摹，老人趣味和江户末期文化心理的分析，则自我认识谷崎，读他的作品以来，从没有见到比这一部《食蓼之虫》更完美的结晶品过。这一部书，以我看来，非但是谷崎一生的杰作，大约在日本的全部文学作品里，总也可以列入到十名以内的地位中去的。我很希望中国的爱读谷崎氏的作品者，马上能够把它翻译出来，来丰富丰富我们中国的翻译文学。

至于这书的内容背景，当然是和他的让妻给友，有点关系的。可是这些实感，并不是使这书所以成为伟大的中心点，即使离开了关于个人的生活关系和趣味来看，它也必然地是日本文学中的一篇美丽谐整的宝石样的东西。

第二部看的，是柳无忌、无非、无垢兄妹三人合作的《菩提珠》小品集，作者们都还不过是二十岁内外的妙龄儿郎，文笔的幼稚，一看就可以看出。可是这幼稚，却是《随园诗话》里所说的不失其赤子之心的诗人的幼稚，读到了她们的话，则自以为阅世较深、年事稍长的我们，也不禁会张口微笑起来，笑纳她们的同小孩子似的憨态。譬如看见了日本人的厚重的木屐，便想教他们走得轻些，免得生活在地球这面的她哥哥的头上，会感到木屐的践踏，这岂不是不失其赤子之心的诗人的幼稚么？

第三部看的，是《现代杂志》的编者施蛰存君的《将军的头》。以史实来写小说，是我在十几年前就想做而未成的工作，现在看到了这四篇东西，我觉得我的理想，却终于被施君来实践了。曾读过我的那篇《历史小说论》的人，或者会记得我之所以想以史实来写小说的原因，历史小说的优点，就在可以以自己的思想，移植到古代的人的脑里去。施君的四篇东西，都是很巧妙地运用着这一个特点的。尤其是《将军的头》的神话似的结束，和《石秀》的变态地感到性欲满足的两处地方，使我感到了意外的喜悦。

天时若再热一点起来，说不定看书会更看得多一点，也说不定会勉强出发，上北国去过它一个残夏和初秋。但这一周间，我的唯一的消暑的方法，却只在睡觉和读书，而读过的那三部书的意见，已约略说出在上面了。

夏之一周间

老　舍

　　我与学界的人们一同分润寒假暑假的"寒"与"暑","假"字与我老不发生关系似的。寒与暑并不因此而特别的留点情；可是，一想及拉车的，当巡警的，卖苦力气的，我还抱怨什么？而且假期到底是假期，晚起个三两分钟到底不会耽误了上堂；暂时不作铜铃的奴隶也总得算偌大的自由！况且没有粉笔面子的"双"薰——对不起，一对鼻孔总是一齐吸气，还没练成"单吸"的工夫，虽然作了不少年的教员。

　　整理已讲过的讲义，预备下学期的新教材，这把"念读写作，四者缺一不可"的工夫已作足。此外，还要写小说呢。教员兼写家，或写家兼教员，无论怎样排列吧，这是最时行的事。单干哪一行也不够养家的，况且我还养着一只小猫！幸而教员兼车夫，或写家兼屠户，还没大行开，这在像中国这么文明的国家里，还不该念佛？

　　闹钟的铃自一放学就停止了工作，可是没在六点后起来过，小说的人物总是在天亮左右便在脑中开了战事；设若不乘着打得正欢的时候把他们捉住，这一天，也许是两三天，不用打算顺当的调动他们，不管你吸多少枝香烟,他们总是在面前耍鬼脸,及至你一伸手,他们全跑得连个影儿也看不见。早起的鸟捉住虫儿,写小说的也如此。

这决不是说早起可以少出一点汗。在济南的初伏以前而打算不出汗,除非离开济南。早晨,晌午,晚间,夜里,毛孔永远川流不息:只要你一眨巴眼,或叫声"球"——那只小猫——得,遍体生津。早起决不为少出汗,而是为拿起笔来把汗吓回去。出汗的工作是人人怕的,连汗的本身也怕。一边写,一边流汗;越流汗越写得起劲;汗知道你是与它拼个你死我活,它便不流了。这个道理或者可以从《易经》里找出来,但是我还没有工夫去检查。

自六点至九点,也许写成五百字,也许写成三千字,假如没有客人来的话。五百字也好,三千字也好,早晨的工作算是结束了。值得一说的是:写五百字比写三千的时候要多吸至少七八枝香烟,吸烟能助文思不永远灵验,是不是还应当多给文曲星烧股高香?

九点以后,写信——写信! 老得写信! 希望邮差再大罢工一年! ——浇浇院中的草花,和小猫在地上滚一回,然后读欧·亨利。这一闹哄就快十二点了。吃午饭;也许只是闻一闻;夏天闻闻菜饭便可以饱了的。饭后,睡大觉,这一觉非遇见非常的事件是不能醒的。打大雷,邻居小夫妇吵架,把水缸从墙头掷过来……只是不希望地震,虽然它准是最有效的。醒了,该弄讲义了,多少不拘,天天总弄出一点来。六点,又吃饭。饭后,到齐大的花园去走半点钟,这是一天中挺直脊骨的特许期间,廿四点钟内挺两刻钟的脊骨好像有什么卫生神术在其中似的,不过,挺着胸膛走到底是壮观的;究竟挺直了没有自然是另一问题，未便深究。

挺背运动完毕，回家。屋子里比烤面包的炉子的热度高着多少？无从知道，因为没有寒暑表。屋内的蚊子还没都被烤死呢，我放心了。洗个澡，在院中坐一会儿，听着街上卖汽水、冰激凌的吆喝。心静自然凉，我永远不喝汽水，不吃冰激凌；香片茶是我一年到头的唯一饮料，多咱香片茶是由外洋贩来我便不喝了。九点钟前后就去睡，不管多热，我永远的躺下（有时还没有十分躺好）便能入梦。身体弱多睡觉，是我的格言。一气睡到天明，又该起来拿笔吓走汗了。

过去的一周就是这么过去的；没读过一张报纸，不作亡国的事的，与作亡国的事的，或者都不大爱读新闻纸；我是哪一等人呢？良心上分吧。

我底夏天

巴　金

　　我把自己关闭在坟墓一般的房间里已经有许多许多的日子了。每天每天我坐在阳光照耀的窗前，常常坐到深夜。窗户外面是一排高耸的房屋，这房屋虽然不曾给我遮住阳光，却给我遮住了街市，而且使我看不见这一个大都市里的群众。

　　于是夏天到了。许多的工作停顿了，许多的人到阴凉的地方去了。这都市就成了热带的沙漠，在这里连风也是热的。写字间装好了电扇，工厂里却依旧燃着烈火熊熊的火炉。对于某一些人夏天似乎是不存在的。甚至在这沙漠上他们也可以找到绿洲。这绿洲只是为着少数人而存在的。

　　然而对于我，我是痛切地感觉到夏天来了。我依旧留在自己底坟墓般的房间里，而如今坟墓外面却被人燃起了野火，坟头的草已经被烧枯了，坟墓里就变成了蒸笼似地热。我底心像炭一般燃烧起来，我底身子差不多要被蒸熟得不能够动弹了。在这些时候我虽然依旧枯坐在窗前，动也不动一动，而且差不多要屏绝了饭食，但我却不得不拼命地喝着凉水，来熄灭我心里的火焰。

我这样整日家坐在窗前，我是在看那高耸的房屋么？不，那些房屋就像一匹火山，在平静的表面下正沸腾着火流，这火山是迟早要爆发的。我是在看这大都市里的群众么？不，他们这时候是在火炉旁边被烧被蒸，在马路中间飞驰着的汽车里面没有他们，而且连马路也被那高耸的房屋给我遮住了。那么我就是在无益的痴想中浪费我底生命么？

　　不，我是坐在一张破旧的书桌前面创造我底《新生》。这《新生》是我底一部长篇小说，却跟着小说月报社在闸北的大火中化成了灰烬。那火是日本兵士放的火，它烧毁了坚实的建筑，烧毁了人底血肉的身躯，但它却不能够毁灭我底创造冲动，更不能够毁灭我底精力。我要来重新造出那被日本的爆炸弹所毁灭了的东西。我要来试验我底精力究竟是否会被那帝国主义的爆炸弹所克服。

　　日也写，夜也写，坐在蒸笼似的房间里，坐在烈火般的阳光焦炙的窗前，忘了动弹，忘了饭食，这样经过了两个夏季的星期以后我终于完成了我底纪念碑，这纪念碑是帝国主义的爆炸弹所不能够毁灭的，而它却会永久地存在着来证明日本帝国主义的暴行。

　　我把这当作一个赌，拿我底精力来做孤注一掷，但是这一次我却胜了。

　　这样地度过了我底两个星期的夏日以后，我如今是要离开这蒸笼似的、坟墓似的房间了，我如今是要离开这热带沙漠似的大都市了。

　　然而我会回来的，假若有一天，坟头生长了茂盛的青草，沙漠变成了新绿的原野，那时候我会回来，回来看我底纪念碑是否还立在这都市里。

一九三二年七月十五日

今 年 的 暑 假

废 名

　　我于民国十六年之冬日卜居于北平西山一个破落户人家，荏苒将是五年。这其间又来去无常。西山是一班士女消夏的地方，不凑巧我常是冬天在这里，到了夏天每每因事进城去。前年冬去青岛，在那里住了三个月，慨然有归与之情，而且决定命余西山之居为"常出屋斋"焉。亡友秋心君曾爱好我的斋名，与"十字街头的塔"有同样的妙处。我细想，确是不错的。其实起名字的时候我并没有想到许多，只是听说古有田生，十年不出屋，我则常喜欢到马路上走走，也比得上人家的开卷有得而已。今年春又在北平城内，北平有某一种刊物，仿佛说我故意住在"一个偏僻的巷子里"，那其实不然，我的街坊就是北平公安局长，马路是新建的，汽车不断的来往。今年我立了一个志，要写一个一百回的小说，名曰"芭蕉梦"，但只写好了一个"楔子"。我的《桥》于四月间出版，这是一部小说的一半，出版后倒想把它续写，不愿意有这么一个半部的东西，于是《芭蕉梦》暂且不表，我决定又来写《桥》。所以今年的夏天，我倒是有志来西山避暑，住在"一个偏僻的巷子里"。换句话说，走进象牙之塔。

　　山中方七日矣，什么也没有做。今天接到一个"讣"，音乐家刘天华君于月前死去。我不知道刘君，但颇有兴致来吊一吊琴师，自古看竹不问主人，"君善笛请为我一奏"，千载下不禁神往也。然而我辈俗物却想借此来发一段议论。我曾同我的朋友程鹤西君说，文人求不朽，恐怕与科举制度不无关系，就是到了如今的崭新人物，依然难脱从来"士"的习气，在汉以前恐怕好得多，一艺之长，思有用于世，假神农、黄帝之名。伯牙、子期的故事，实在是艺术的一个很好的理想，彻底的唯物观，人琴俱亡，此调遂不弹矣。我乃作联挽刘天华君曰：

　　高山流水不朽
　　物是人非可悲

　　　　　　　　　　　　　　　　　　二十一年七月二十日

燕居夏亦佳

张恨水

到了阳历七月，在重庆真有流火之感。现在虽已踏进了八月，秋老虎虎视眈眈，说话就来，真有点谈热色变，咱们一回想到了北平，那就觉得当年久住在那儿，是人在福中不知福。不用说逛三海上公园，那里简直没有夏天。就说你在府上吧，大四合院里，槐树碧油油的，在屋顶上撑着一把大凉伞儿，那就够清凉。不必高攀，就凭咱们拿笔杆儿的朋友，院子里也少不了石榴盆景金鱼缸。这日子石榴结着酒杯那么大，盆里荷叶伸出来两三尺高，撑着盆大的绿叶儿，四围配上大小七八盆草木花儿，什么颜色都有，统共不会要你花上两元钱，院子里白粉墙下，就很有个意思。你若是摆得久了，卖花儿的逐日会到胡同里来吆唤，换上一批就得啦。小书房门口，垂上一幅竹帘儿，窗户上糊着五六枚一尺的冷布，既透风，屋子里可飞不进来一只苍蝇。花上这么两毛钱，买上两三把玉簪花红白晚香玉，向书桌上花瓶子一插，足香个两三天。屋夹角里，放上一只绿漆的洋铁冰箱，连红漆木架在内，只花两三元钱。每月再花一元五角钱，每日有送天然冰的，搬着四五斤重一块的大冰块，带了北冰洋的寒气，送进这冰箱。若是爱吃水果的朋友，花一二毛钱，把虎拉车（苹果之一种，小的）大花红，脆甜瓜之类，放在冰箱里镇一镇，什么时候吃，什么时候拿出来，又凉又脆又甜。再不然，买几大枚酸梅，五分钱白糖，煮上一大壶酸梅汤，向冰箱里一镇，到了两点钟，槐树上知了儿叫处正酣，不用午睡啦，取出汤来，一个人一碗，全家喝他一个"透心儿凉"。

北平这儿，一夏也不过有七八天热上华氏九十度。其余的日子，屋子里平均总是华氏八十来度，早晚不用说，只有华氏七十来度。碰巧下上一阵黄昏雨，晚半晌睡觉，就非盖被不成。所以耍笔杆儿的朋友，在绿荫阴的纱窗下，鼻子里嗅着瓶花香，除了正午，大可穿件小汗衫儿，从容工作。若是喜欢夜生活的朋友，更好，电灯下，晚香玉更香。写得倦了，恰好胡同深处唱曲儿的，奏着胡琴弦子鼓板，悠悠而去。掀帘出望，残月疏星，风露满天，你还会缺少"烟士披里纯"吗？

夏天的瓶供

周瘦鹃

凡是爱好花木的人，总想经常有花可看，尤其是供在案头，可以朝夕坐对，而使一室之内，也增加了生气。供在案头的，当然最好是盆栽和盆景；如果条件不够，或佳品难得，那么有了瓶供，也可以过过花瘾。

对于瓶供的爱好，古已有之。如宋代诗人张道洽《瓶梅》云："寒水一瓶春数枝，清香不减小溪时。横斜竹底无人见，莫与微云淡月知。"徐献可《书斋》云："十日书斋九日扃，春晴何处不闲行。瓶花落尽无人管，留得残枝叶自生。"方回《惜砚中花》云："花担移来锦绣丛，小窗瓶水浸春风。朝来不忍轻磨墨，落砚香粘数点红。"这与我的情况恰恰相同，紫罗兰盦南窗下的书桌上，四时不断地供着一瓶花，瓶下恰有一方端砚，花瓣往往落在砚上，我也往往不忍磨墨，生怕玷污了它，足见惜花人的心理，是约略相同的。

说到夏天的瓶供，我是与盆供并重的。从园子里的细种莲花开放之后，就陆续采来供在爱莲堂中央的桌子上，如洒金、层台、大绿、粉千叶等，都是难得的名种。我轮替地用一只古铜大圆瓶、一只雍正黄瓷大胆瓶和一只紫红瓷窑变的扁方瓶来插供，以花的颜色来配瓶的颜色，务求其调和悦目。单单插了莲花还不够，更要采三片小样的莲叶来搭配着，花二朵或三朵，配上了三片叶子，插得有高有低，有直有欹，必须像画家笔下画出来的一样。倘有一朵花先谢了，剩下一只小莲蓬，仍然留在瓶里，再去采一朵半开的花来补缺，这样要连续插供到细种莲花全部开完后为止。在这一个多月的时间里，我把这一大瓶高花大叶的莲花，用树根几或红木几高供中央，总算不辜负了"爱莲堂"这块老招牌；而上面挂着的，恰又是林伯希老画师所画的一幅《爱莲图》，更觉相映成趣。

除了瓶供的莲花之外，还有瓶供的菖兰。菖兰的色彩是多种多样的，有白、红、淡黄、深黄、洒金、茄紫诸色；而我园有一种深紫而有绒光的，更为富丽。我也将花与瓶的颜色互相配合，互相衬托，花以三枝、五枝或七枝为规律，再插上几片叶，高低疏密，都须插得适当，看上去自有画意。有时瓶用得腻了，便改用一只明代欧瓷的长方形小型水盘，插上三五枝小样的菖兰，衬以绿叶，配上大小拳石两块，更觉幽雅入画了。

我爱用水盘插花，觉得比用瓶来插花，更有趣味。除了菖兰，无论大丽、月季、蜀葵等，都是夏天常见的，都可用水盘来插；不过叶子也需要，再用拳石或书带草来一衬托，那是更富于诗情画意了。爱莲堂里有一只长方形的白石大水盘，下有红木几座，落地安放着，我在盘的右边竖了一块二尺高的英石奇峰，像个独秀峰模样，盘中盛满了水，散满了碧绿的小浮萍。清早到园子里，采了大石缸中刚开放的大红色睡莲二三朵和小样的莲叶三五张，回来放在水盘里，就好像把一个小小的莲塘，搬到了屋子里来，徘徊观赏，真的是"心上莲花朵朵开"了。每天傍晚，只要把闭拢了的花朵撩起来，放在露天的浅水盆中过夜，明天早上，花依然开放，依然放到水盘里。天天这样做，可以持续三四天。

明代小品文专家袁宏道中郎，对于插花很有研究，曾作《瓶史》一书，传诵至今，并曾流入日本。日本人也擅长插花，称为"花道"，得中郎《瓶史》，当作枕中秘宝，并且学习他的插花方法，自成一派，叫作"宏道流"。他们对于夏天的瓶供，如插菖兰、蝴蝶花、莲花等，都很自然；可是对于国家大典中所用以装饰的瓶供或水盘，却矫揉造作，一无足取了。谱嫂俞碧如，曾从日本花道女专家学插花，取长舍短，青出于蓝，每到我家来时，总要给我在瓶子里或水盘里一显身手，和她那位精于审美的爱人反复商讨，一丝不苟。可惜她已于去年暮春落花时节，一病不起；我如今见了她给我插过花的瓶尊水盘，如过黄公之垆，为之腹痛！

上海花店中，折枝花四季不断，倘要作瓶供，真是取之不尽，用之不竭，并且有不少插花的专家，可作顾问，家庭中明窗净几，倘有二三瓶供作点缀，也可以一餍馋眼，一洗尘襟了。

夏虫之什

缪崇群

楔子

在这个火药弥天的伟大时代里，偶检破箧，忽然得到这篇旧作；稿纸已经黯黄，没头没尾，不知从何说起，也不知到何处为止，摩挲良久，颇有啼笑皆非之感。记得往年为宇宙之大和苍蝇之微的问题，曾经很热闹地讨论过一阵，不过早已事过境迁，现在提起来未免"夏虫语冰"，有点不识时务了。好在当今正是炎炎的夏日，对于俯拾即是的各种各样的虫子，爬的飞的叫的，都是夏之"时者"，就乐得在夏言夏，应应景物。即或有人说近乎赶集的味道，那好，也还是在赶呀。只是，童子雕虫篆刻，壮夫所不为罢了。

添上这么一个楔子，以下照抄。恐怕说不清道不明，就在每节前边添个名儿，庶免人牵强附会当作谜猜，或怪作者影射是非云尔。

一、人虫泛论

在小学和中学时代读过的博物科——后来改作自然和生物科了，我所得到的关于这方面的知识似乎太少了。也许因为人大起来了，对于这些知识反倒忘记，这里能写得出的一些虫子，好像还是在以前课本上所看到的一些图画，不然就是亲自和他们有过交涉的。

最不能磨灭的印象是我在小学修身或国文课里所读过的一篇文章。大意说，有一个孩子，居然在大庭广众之前，他辩证了人的存在是吃万物，还是蚊子的存在为着吃人的这个惊人的问题。从幼小的时候到成年，到今日，我不大看得起人果真是万物之灵的道理，和我从来也并不敢小视蚊虫的观念，大约都受了他的影响。

偶翻线装书，才知道我少小时候所读的那一课，是出于列子的《说符篇》。为着我谈虫有护符起见，就附带把它抄出：

齐田氏祖于庭，食客千人，坐中有献鱼雁者，田氏视之，乃叹曰：

"天之于民厚矣！殖五谷，生鱼鸟以为之用。"

众客和之如响。鲍氏之子年十二，预于次，进曰：

"不如君言。天地万物与我并生，类也。类无贵贱，徒以小大智力而相制，迭相食；非相为而生之。人取可食者而食之，岂天本为人生之？且蚊蚋嘬肤，虎狼食肉，非天本为蚊蚋生人，虎狼生肉者哉！"

二、蝇

红头大眼，披着金光闪灿的斗篷，里面衬一件苍点或浓绿的贴身袄，装束得颇有些类似武侠好汉，但是细细看他的模样，却多少带着些乡婆村姑气。

也算是一种证实的集团的动物了，除了我们不能理解的他们的呼声和高调之外，每个举止风度，都不失之为一个仪表堂堂的人物。

趋炎走势，视膻臭若家常便饭的本领，我们人类在他们之前将有愧色。向着光明的地方百折不回，硬碰头颅而无任何顾虑的这种精神，我们固然不及；至如一唱百和，飘然而来，飘然而去的态度，我们也将瞠乎其后的。

兢兢业业地，我从来不曾看见他们阖过一次眼，无时无刻不在磨拳擦掌地想励精图治的样子，偶然虽以两臂绕颈，作出闲散的姿式，但谁可以否认那不是埋头苦干、挖空心机的意思。

遗憾的只是谁都对于他们的出身和居留地表示反感，甚至于轻蔑、谩骂，使他们永远诅咒着他们再也诅咒不尽的先天的缺陷。湮没了自身的一切，熙熙攘攘地度了一个短促的时季，死了，虽然也和人们一样的葬身于粪土之中。

人类的父母是父母，子弟是子弟，父母的父母是祖先——而他们的祖先是蛆虫，他们的后人也是蛆虫，这显然不同的原因，大约就是人类会穿衣吃饭，肚子饱了，又有遮拦，他们始终是虫，所以不管他们的祖先和后人也都是蛆了。

出身的问题，竟这样决定了每个生物的运命，我不禁惕然！

但无论如何，他总算是一员红人，炎炎时代中的一位时者，留芳乎哉！遗臭乎哉！

三、蛇

想着他，便憧憬起一切热带的景物来。

深林大沼中度着寓公的生活，叫他是土香土色的草莽英雄也未为不可。在行一点的人们，却都说他属于一种冷血的动物。

花色斑斓的服装，配着修长苗条的身躯，真是像一个秀色可餐的女人，但偏偏有人说女人倒是像他。

这世界上多的是这样反本为末、反末为本的事，我不大算得清楚了。

且看他盘着像一条绳索，行走起来仿佛在空间描画着秀丽的峰峦，碰他高兴，就把你缠得不可开交，你精疲力竭了，他才开始胜利地昂起了头。莎乐美捧着血淋淋的人头笑了；他伸出了舌尖，火焰一般的舌尖，那热烈的吻，够你消受的！

据说他的瞳孔得天独厚，他看见什么东西都是比他渺小，所以他不怕一切的向前扑去，毫不示弱，也许正是因为人的心眼太窄小了，明明是挂在墙上的一张弓，映到杯里的影子也当作了他的化身，害得一场大病。有些人见了他，甚至于急忙把自己的屁眼也堵紧，以为无孔不入的他，会钻了进去丧了性命——其实是同归于尽——像这种过度的神经过敏症，过度的恐怖病，不是说明了人们是真的渺小吗？

幸亏他还没有生着脚，固然给画家描绘起来省了一笔事，可是一些意想不到的灵通，也就叫他无法实现了。

计谋家毕竟令人佩服，说打一打草也是对于他的一种策略。渺小的人们，应该有所憬悟了罢？

虽然，象征着中国历代帝王的那种动物，龙，也不过比他多生了几根胡须，多长了几条腿和爪子罢了。

四、萤

不与光明争一日的短长，永远是黑夜里的游客。在月光下的池畔，也常常瞥见他的踪影，真好像一条美丽的白鱼。细鳞被微风吹翻了，散在水上，荡漾着，闪动着。从不曾看见鬼火是一种什么东西的我，就臆测着他带着那个小小灯笼是以幽灵为膏烛的。

静静地凝视着他，他把星星招引来了，他也会牵人到黑暗的角落里去。自己仿佛眩迷了，灵魂如同披了一件轻细的纱衣，恍惚地溶在黑暗里，又恍惚地在空中飘舞了一阵，等回复了意识之后，第一就想把自己找回来，再则就要把他捉住。

在孩提的时候，便受了大人的告诫："飞进鼻孔里会送命。"直到如今仍旧切记不忘。我以为这种教训正是"寓禁于征"的反面的作用。

和"头悬梁，锥刺股"相媲美的苦读生的故事，使这个小虫的令名，也还传留在所谓书香人家的子弟耳里。

不过，如今想来，苦读虽好，企图这一点点光亮，从这个小虫子身上打算进到富贵功名的路途，却也未免抹煞风景了。我希望还是把它当一项时代参考的资料为佳。

欣喜着这个小虫子没有绝种——会飞的，会流的星子，夏夜里常常无言地为我画下灵感的符号；漂着我的心绪，现着，却不能再度寻觅的我所向往的那些路迹。

虽没有刺目的光明，可是他已经完成了使黑暗也成为裂隙的使命了。

五、蜈蚣

"百足之虫，死而不僵。"多半是说着他了。

首尾断置，不僵，又该怎样？这个问题我是颇有提出来讨论一下的兴致的。就算他有一百只足，或是一百对足罢，走起来也并不见得比那一条腿都没有的更快些。我想，这不僵的道理，是"并不在乎"吗？那么腿多的到底是生路也多之谓么；或者，是在观感上叫人知道他死了还有那么多摆设吗？

有着五毒之一台衔的他，其名恐怕不因足而显罢？

亏得鸡有一张嘴，便成了他的力敌，管他腿多腿少，死而不僵，或是僵而不死；管他台衔如何，有毒无毒，吃下去也并没有翘了辫子。所以我们倒不必斤斤责说"肉食者鄙"的话了。

六、蝉

今天开始听见他的声音，像一个阔别的友人，从远远的地方归来，虽还没有和他把晤，知道他已经立在我的门外了。也使我微微地感伤着：春天，挽留不住的春天，等到明年再会吧。

谁都厌烦他把长的日子拖着来了，他又把天气鼓噪得这么闷热。但谁曾注意过一个幼蛹，伏在地下，藏在树洞里……经过了几年，甚至于一二十年长久的蛰居的时日，才蜕生出来看见天地呢？一个小小的虫豸，他们也不能不忍负着这么沉重的一个运命的重担！

运命也并不一定是一出需要登场的戏剧哩。

鱼为了一点点饵食上了钩子，岸上的人笑了。孩子们只要拿一根长长的竿子，顶端涂些胶水，仰着头，循着声音，便将他们粘住了。他们并不贪求饵食，连孩子们都知道很难养活他们，因为他们不能受着缚束与囚笼里的日子，他们所需要的唯有空气与露水与自由。

人们常常说"自鸣"就近于得意，是一件招祸的事；但又把"不平则鸣"当作一种必然的道理。我看这个世界上顶好的还是做个哑巴，才合乎中庸之道吧？

话说回来，他之鸣，并非"得已"，螳螂搏着他，也并未作声，焉知道黄雀又跟在他后面呢？这种甲被乙吃掉，甲乙又都被丙吃掉的真实场面，可惜我还没有身临其境，不过想了想虫子也并不比人们更倒霉些罢了。

有时，听见一声长长的嘶音，掠空而过，仰头望见一只鸟飞了过去，嘴里就衔着了一个他。这哀惨的声音，唤起了我的深痛的感觉。夏天并不因此而止，那些幼蛹，会从许多的地方生长起来，接踵地攀到树梢，继续地叫着，告诉我们：夏天是一个应当流汗的季候。

我很想把他叫作一个歌者，他的歌，是唱给我们流汗的劳动者的。

七、壁虎

桃色的传说，附在一个没有鳞甲的，很像小鳄鱼似的爬虫的身上，居然迄今不替，真是一件令人不可思议的事了！

守宫——我看过许多书籍，都没有找到一个真实可以显示他的妙用的证据。

所谓宫，在那里面原是住着皇帝，皇后和妃子等等的一类神圣不可侵犯的人物——男的女的主子们，守卫他们的自然是一些忠勇的所谓禁军们，然而把这样重要的使命赋与一个小虫子的身上，大约不是另有其他的原故，就是另有其他的解释了。

凭他飞檐走壁的本领，看守宫殿，或者也能够胜任愉快。记得小时候我们常常捉弄他，把他的尾巴打断了，只要有一小截，还能在地上里里外外地转接成几个圈子，那种活动的小玩艺儿，煞是好看的，至于他还有什么妙用，在当时是一点也不能领悟出来。

所谓贞操的价值，现在是远不及那些男用女用的"维他赐保命"贵重，他只好爬在墙壁上称雄而已。

关于那桃色的传说，我想女人们也不会喜欢听的，就此打住。

八、臭虫

胖胖的房东太太，带着一脸天生的滑稽相，对我说了半天，比了半天，边说边笑着，询问我那是一种什么东西。我不大领会她的全部的意思，因为那时我对于非本国语的程度还不够，可是我感到侮辱了，侮辱使我机智——

"那个东西么？东京虫哩。"我简单地回答出她比了半天，说了半天的那个东西。

她莫奈何地嘻嘻嘻……笑了，她明明知道我知道，而我故意地却给了她一个新的名字，我偏不能因为一个小小的虫名，也便使我们的国体沾了污点。

这还是十多年以前的一件事。

后来，每当我发现了这个非血不饱的小虫时，我总会给他任何的一种极刑，普通是捏死，踩死，或是烧死。有时想尽了方法给他凌迟处死。最后我看见他流了血，在一滴血色中，我才感到报复后的喜悦与畅快！

像这样侵略不厌，吃人不够的小敌人，我敢断定他们的发祥地绝不是属于我们的国土之上的。

某国人有句谚语："'南京虫'比丘八爷还厉害！"这么一说就可想他们国度里的所谓"皇军"真面目之一斑了。把这个其恶无比的吃血的小虫子和军人相提并论起来，武士道……一类的大名词，也就毋庸代为宣扬了。我誉之为"东京虫"者，谁曰不宜？

听说这个小虫，在一夜之间，可以四世或五世同堂（床？），繁殖的能力，着实惊人了。可怜的这个小虫子发祥地的国度里的臣民呀！

九、蝎

北方人家的房屋，里面多半用纸裱糊一道。在夜晚，有时听见顶棚或墙壁上司拉司拉的声响，立刻将灯一照，便可以看见身体像一只小草鞋的虫子，翘卷着一个多节的尾巴，不慌不忙地来了。尾巴的顶端有个钩子，形像一个较大的逗号。那就是他的自卫的武器，也是因为有了这么一个含毒的螯子，所以他的名望才扬大了起来。

人说他的腹部有黑色的点子，位置各不相同，八点的像张"人"牌，十一点的像张"虎头"……一个一个把他们集了起来，不难凑成一副骨牌——我不相信这种事，如同我不相信赌博可以赢钱一样。（倘如平时有人拿这副牌练习，那么他的赌技恐怕就不可思议了。）

有人说把他投在醋里，隔一刻儿便能化归乌有。我试验了一次，并无其事。想必有人把醋的作用夸得太过火了。或许意在叫吃醋的人须加小心，免得不知不觉中把毒物吃了下去。

还有人说，烧死他一个，不久会有千千万万个，大大小小的倾窠而出。这倒是多少有点使人警惧了。所以我也没敢轻于尝试一回，果真前个试验是灵效，我预备一大缸醋，出来一个化他一个，岂非成了一个除毒的圣手了么？

什么时候回到我那个北方的家里，在夏夜，摇着葵扇，呷一两口灌在小壶里的冰镇酸梅汤，听听棚壁上偶尔响起了的司拉司拉的声音……也是一件颇使我心旷神怡的事哩。

大大方方地翘着他的尾巴沿壁而来，毫不躲闪，不是比那些武装走私的，做幕后之宾的，以及那些"洋行门面"里面却暗设着销魂馆、福寿院的；穿了西装，留着仁丹胡子，腰间却藏着红丸、吗啡、海洛因的绅士们，更光明磊落些么？

"无毒不丈夫"的丈夫，也应该把他们分出等级才对！

十、蚊

闹嚷嚷的成为一个市集，直等天色全黑了，他们才肯回到各自的处所去。

议会吗？联欢吗？我想不出他们究竟有什么目的和企图。

蜘蛛，像一个穿黑色衣服的法西斯信徒，在一边觊觎着，仿佛伺隙而进。我的奋斗的警句，隐约地压倒了他们那一大群——

"多数人永不能代替一个'人'，多数时常是愚蠢而又懦弱的政策的辩护人。"

像希特勒那样的"成功"，还不是多半由他们给造就的吗？不看这位巨头，迄今还是一个独身者，甚至于连女色也不接近，保持着他这个"处男"的身份。

感谢世界上还有一种寒热症，轮到谁头上，谁得打摆子，那也许就是他说胡话，发抖的时候了吧。

我得燃起一根线香来，我想睡一夜好觉了。

阴雨的夏日之晨

王统照

在昨夜的大雨后的清晨，淡灰色的密云罩住了这无边的穹海。虽没有一点儿风丝，却使得人身上轻爽，疏懒，而微有冷意。我披了单衫，跣足走向前庭。一架浓密的葡萄架上的如绿珠般的垂实，攒集着尚凝有夜来细雨的余点。两个花池中的凤仙花、灯笼花、金雀、夜来香的花萼，以及条形的、尖形的、圆如小茶杯的翠绿的叶子，都欣然含有生意。地上已铺满了一层粘土的苔藓；踏在脚下柔软地平静地另有一种趣味。我觉得这时我的心上的琴弦已经十二分地谐和，如听幽林凉月下的古琴声，没有紧张的、繁杂的、急促的、激越的音声，只不过似从风穿树籁的微鸣中，时而弹出那样幽沉、和平，与在幽静中时而添加的一点悠悠的细响。

少年人的思想行为固然是要反抗的，冲击的，如上战场的武士，如履危寻幽的探险者，如森林中初生的雏鹿，如在天表翱翔的鹰雕。但是偶然得到一时的安静，偶然可以有个往寻旧梦的机会，那么：一棵萋萋的绿草，一杯酽酽的香茗，一声啼鸟，一帘花影，都能使得他从缚紧的、密粘的、耗消精力与戕毁身体的网罗中逃走。暂时不为了争斗、牺牲、名誉、恋爱、悲愤而燃起生命的火焰；下了双手内的武器，闭歇了双目中的欲光，将一切的一切，全行收敛，全行平息，全个儿熨贴在片刻的心头，朦胧也罢，淡漠也罢，也像这微阴的夏日清晨，霹雳歇了它们的震声，电女们暂时沉眠而洒雨的龙女尚没曾来到，只有淡灰色的密云，罩住了这无边的穹海，一切消沉，一切安静。

前途么？只是横亘着不可数计的黑线，上面带着时明时灭的斑点，没有明丽的火炬，也没有暴烈的飓风。后顾么？过去的道途全为赤色的热尘盖住，一个一个的从来的足印深深地陷入，留下不可消灭的印痕。只有在空中——这神秘的无边穹海里，Phaëthon 在驾着日车，向昏迷的人间撒布焦灼焚烧的毒热。Melpomene 在云间挥剑高歌，惊醒了欢乐的喜梦。鳌背上这小灵球儿徒生抖颤，只是甘心忍受，低首屈服，在这无边穹海的威力的压迫。它同它的子孙，那能有自由挥发，与自由解脱的能力与意志，它也同太空中个个的小灵球，忽然如在午夜中一闪微光，便从它们的姊妹行中失掉。

水是淹溺我们的，火是燃烧我们的，风是播散我们的骨头的支节与灵魂的渣滓的，地呵是覆灭我们的……只是毁坏、破裂、死亡，一切的"无"，一切的"化"，一切的"到头都尽"。这其中偶然迸裂出一星两星的"生"的火星，偶然低鸣出一声两声的"爱"的曲调；偶然引导着迷惑的我们左右趑趄；偶然使得我们的心头震颤。无力的我们，便如小孩子得了带酸味的一片糖果，欢呼、跳跃、舞蹈、高歌。及至糖果尚没曾咀嚼得滋味，便与唾沫同时消尽，不曾饱满了饥饿的胃，不曾充足了雷鸣的肠腔……末后，只剩下求之不得的号泣，只剩下了过后的依恋怅惘。

勃来克说：

> 长矛与利剑的战争，全为露泪儿融解。

果然么？朝露能洗涤人间的罪恶时，我愿同我的亲爱的伴侣永远生存，游戏于露泪的模糊的网中。

托尔斯泰说：

> 小鸟儿们在阴影中鼓着翅儿，唱着欢乐的空想的胜利的曲儿。高高在上的树叶儿充满了树汁，在快乐地细语，同时生动的树枝慢慢地而且庄严地在他们的人儿——消灭而死的人儿——上面摇拂。

果然么？生与死能够这样的调谐，"死"，切断一切而不感寂寞。尚有鸟儿的娇喉，尚有树枝的舞蹈，能使以这为饥饿、为不充足、为怨情、为泪、为念而死的灵魂，觉得慰安，则"死"，与"生"，正是一串的珍珠，应该揾合着穿在一起而挂于美丽的女郎 Hero 的颈上，与火炬的明焰与深碧的海涛相合。而借此一二个珠儿的光辉，映照着淡灰色的无边穹海的平淡。

但是露泪儿终被毒灼的日光晒干。死去的灵魂，会不会真能听到野鸟的娇歌与树枝儿的细语？

宇宙终古是被淡灰色的密云罩住，晴朗，明丽是瞬间的闪光；欢乐，狂喜，是突然的情焰的燃烧。就是这样淡漠而平静的，沉沉的如行在灰沙铺满的长途中，争与夺，爱与欲，气愤与牺牲，都是有曲棱的尖刃，不但要切割我们的肢体，且要多流我们的热血。他们是猎人，我们是被逐的动物；他们是深坑，我们是被陷入的土块瓦砾。但……

我们的血潮，终不能静止在我们的心渊；我们的欲念，终不能如芥子之纳于须弥；我们的自由的反抗的种子，终不能使之不萌芽、滋生。一时的朦胧，一时的淡漠，更不能上寻"帝乡"，永远地逃却人间的网罟。待至震雷作响时，打破了灰色的云幕，洒落下急迅猛烈的雨点，于是万马千军的咆哮，金铁击触的互鸣，我们的心火又随着电火引烧，向无边的穹海中作冲撞的搏战。于是我们便重行转入缚紧的密粘的网中去，为一切的一切而吹起战角挥动军旗，而燃起周身毛发的火焰。

露泪儿果能融解？

死亡果能以平静？

人们的思想原是在循环圈中：有时欢喜吃淡味的面饼，有时喜欢吃辛辣的食物。但平静是一时的慰安，奋动是人生的永趣。我在这夏日的清晨的淡灰色的云幕下，虽然喜慰我这心琴的调谐，但我也何尝忘却霹雳、电光的冲击。我由一杯香茗、一帘花影的沉静生活中，觉得可以遗忘一切，神游于冥渺之境，但激动的奋越的生命之火焰却在隐秘中时时燃着。

我们为消失长矛与利剑的战争，而不惜向更深更远更崎岖的山道中冒险去乞得露珠，虽然也未必真能消除人间的战争。

我们为死亡的平静，不能不先找到"生"之充实。

我们为由希望中求得丽日，求得皎月，求得灿烂的穹苍，我们不能不想冲破这样的淡灰色的云幕——固然我们也想在这片刻中滞留在朦胧淡漠的梦境里。

坐在石廊上的竹椅上，纵横复乱地做思想之梦，似乎那些小花儿都与我点头笑语。但忽然在无尽的灰色云幕中，明光一闪，倾盆的急雨从平静的天空落下，同时我觉到身上除了轻爽，疏懒，而微有冷意的感觉之外，有一股灼热的思潮从我心头冲上……

秋

第三辑

秋夜

鲁 迅

在我的后园，可以看见墙外有两株树，一株是枣树，还有一株也是枣树。

这上面的夜的天空，奇怪而高，我生平没有见过这样的奇怪而高的天空。他仿佛要离开人间而去，使人们仰面不再看见。然而现在却非常之蓝，闪闪地睞着几十个星星的眼，冷眼。他的口角上现出微笑，似乎自以为大有深意，而将繁霜洒在我的园里的野花草上。

我不知道那些花草真叫什么名字，人们叫他们什么名字。我记得有一种开过极细小的粉红花，现在还开着，但是更极细小了，她在冷的夜气中，瑟缩地做梦，梦见春的到来，梦见秋的到来，梦见瘦的诗人将眼泪擦在她最末的花瓣上，告诉她秋虽然来，冬虽然来，而此后接着还是春，胡蝶乱飞，蜜蜂都唱起春词来了。她于是一笑，虽然颜色冻得红惨惨地，仍然瑟缩着。

枣树，他们简直落尽了叶子。先前，还有一两个孩子来打他们别人打剩的枣子，现在是一个也不剩了，连叶子也落尽了。他知道小粉红花的梦,秋后要有春;他也知道落叶的梦,春后还是秋,他简直落尽叶子,单剩干子,然而脱了当初满树是果实和叶子时候的弧形,欠伸得很舒服。但是,有几枝还低亚着,护定他从打枣的竿梢所得的皮伤,而最直最长的几枝,却已默默地铁似的直刺着奇怪而高的天空,使天空闪闪地鬼䀹眼;直刺着天空中圆满的月亮,使月亮窘得发白。

鬼䀹眼的天空越加非常之蓝,不安了,仿佛想离去人间,避开枣树,只将月亮剩下。然而月亮也暗暗地躲到东边去了。而一无所有的干子,却仍然默默地铁似的直刺着奇怪而高的天空,一意要制他的死命,不管他各式各样地䀹着许多蛊惑的眼睛。

哇的一声,夜游的恶鸟飞过了。

我忽而听到夜半的笑声,吃吃地,似乎不愿意惊动睡着的人,然而四周的空气都应和着笑。夜半,没有别的人,我即刻听出这声音就在我嘴里,我也即刻被这笑声所驱逐,回进自己的房。灯火的带子也即刻被我旋高了。

后窗的玻璃上丁丁地响,还有许多小飞虫乱撞。不多久,几个进来了,许是从窗纸的破孔进来的。他们一进来,又在玻璃的灯罩上撞得丁丁地响。一个从上面撞进去了,他于是遇到火,而且我以为这火是真的。两三个却休息在灯的纸罩上喘气。那罩是昨晚新换的罩,雪白的纸,折出波浪纹的叠痕,一角还画出一枝猩红色的栀子。

猩红的栀子开花时,枣树又要做小粉红花的梦,青葱地弯成弧形了……。我又听到夜半的笑声;我赶紧砍断我的心绪,看那老在白纸罩上的小青虫,头大尾小,向日葵子似的,只有半粒小麦那么大,遍身的颜色苍翠得可爱，可怜。

　　我打一个呵欠，点起一支纸烟，喷出烟来，对着灯默默地敬奠这些苍翠精致的英雄们。

一九二四年九月十五日

故都的秋

郁达夫

秋天，无论在什么地方的秋天，总是好的；可是啊，北国的秋，却特别地来得清，来得静，来得悲凉。我的不远千里，要从杭州赶上青岛，更要从青岛赶上北平来的理由，也不过想饱尝一尝这"秋"，这故都的秋味。

江南，秋当然也是有的；但草木凋得慢，空气来得润，天的颜色显得淡，并且又时常多雨而少风；一个人夹在苏州上海杭州，或厦门香港广州的市民中间，浑浑沌沌地过去，只能感到一点点清凉，秋的味，秋的色，秋的意境与姿态，总看不饱，尝不透，赏玩不到十足。秋并不是名花，也并不是美酒，那一种半开半醉的状态，在领略秋的过程上，是不合适的。

不逢北国之秋，已将近十余年了。在南方每年到了秋天，总要想起陶然亭的芦花，钓鱼台的柳影，西山的虫唱，玉泉的夜月，潭柘寺的钟声。在北平即使不出门去吧，就是在皇城人海之中，租人家一椽破屋来住着，早晨起来，泡一碗浓茶，向院子一坐，你也能看得到很高很高的碧绿的天色，听得到青天下驯鸽的飞声。从槐树叶底，朝东细数着一丝一丝漏下来的日光，或在破壁腰中，静对着像喇叭似的牵牛花（朝荣）的蓝朵，自然而然地也能够感觉到十分的秋意。说到了牵牛花，我以为以蓝色或白色者为佳，紫黑色次之，淡红色最下。最好，还要在牵牛花底，教长着几根疏疏落落的尖细且长的秋草，使作陪衬。

北国的槐树，也是一种能使人联想起秋来的点缀。像花而又不是花的那一种落蕊，早晨起来，会铺得满地。脚踏上去，声音也没有，气味也没有，只能感出一点点极微细极柔软的触觉。扫街的在树影下一阵扫后，灰土上留下来的一条条扫帚的丝纹，看起来既觉得细腻，又觉得清闲，潜意识下并且还觉得有点儿落寞，古人所说的梧桐一叶而天下知秋的遥想，大约也就在这些深沉的地方。

秋蝉的衰弱的残声，更是北国的特产；因为北平处处全长着树，屋子又低，所以无论在什么地方，都听得见它们的啼唱。在南方是非要上郊外或山上去才听得到的。这秋蝉的嘶叫，在北平可和蟋蟀耗子一样，简直像是家家户户都养在家里的家虫。

还有秋雨哩，北方的秋雨，也似乎比南方的下得奇，下得有味，下得更像样。

在灰沉沉的天底下，忽而来一阵凉风，便息列索落地下起雨来了。一层雨过，云渐渐地卷向了西去，天又青了，太阳又露出脸来了；著着很厚的青布单衣或夹袄的都市闲人，咬着烟管，在雨后的斜桥影里，上桥头树底下去一立，遇见熟人，便会用了缓慢悠闲的声调，微叹着互答着地说：

“唉，天可真凉了——”（这了字念得很高，拖得很长。）

“可不是么？一层秋雨一层凉了！”

北方人念阵字，总老像是层字，平平仄仄起来，这念错的歧韵，倒来得正好。

北方的果树，到秋来，也是一种奇景。第一是枣子树；屋角，墙头，茅房边上，灶房门口，它都会一株株地长大起来。像橄榄又像鸽蛋似的这枣子颗儿，在小椭圆形的细叶中间，显出淡绿微黄的颜色的时候，正是秋的全盛时期；等枣树叶落、枣子红完，西北风就要起来了，北方便是尘沙灰土的世界，只有这枣子、柿子、葡萄，成熟到八九分的七八月之交，是北国的清秋的佳日，是一年之中最好也没有的 Golden Days。

有些批评家说，中国的文人学士，尤其是诗人，都带着很浓厚的颓废色彩，所以中国的诗文里，颂赞秋的文字特别地多。但外国的诗人，又何尝不然？我虽则外国诗文念得不多，也不想开出账来，做一篇秋的诗歌散文钞，但你若去一翻英德法意等诗人的集子，或各国的诗文的 Anthology 来，总能够看到许多关于秋的歌颂与悲啼。各著名的大诗人的长篇田园诗或四季诗里，也总以关于秋的部分，写得最出色而最有味。足见有感觉的动物，有情趣的人类，对于秋，总是一样地能特别引起深沉、幽远、严厉、萧索的感触来的。不单是诗人，就是被关闭在牢狱里的囚犯，到了秋天，我想也一定会感到一种不能自已的深情；秋之于人，何尝有国别，更何尝有人种阶级的区别呢？不过在中国，文字里有一个“秋士”的成语，读本里又有着很普遍的欧阳子的《秋声赋》与苏东坡的《赤壁赋》等，就觉得中国的文人，与秋的关系特别深了。可是这秋的深味，尤其是中国的秋的深味，非要在北方，才感受得到底。

南国之秋，当然是也有它的特异的地方的，比如廿四桥的明月，钱塘江的秋潮，普陀山的凉雾，荔枝湾的残荷等等，可是色彩不浓，回味不永。比起北国的秋来，正像是黄酒之与白干，稀饭之与馍馍，鲈鱼之与大蟹，黄犬之与骆驼。

秋天，这北国的秋天，若留得住的话，我愿把寿命的三分之二折去，换得一个三分之一的零头。

一九三四年八月，在北平

济南的秋天

老 舍

济南的秋天是诗境的。设若你的幻想中有个中古的老城，有睡着了的大城楼，有狭窄的古石路，有宽厚的石城墙，环城流着一道清溪，倒映着山影，岸上蹲着红袍绿裤的小妞儿。你的幻想中要是这么个境界，那便是济南。设若你幻想不出——许多人是不会幻想的——请到济南来看看吧。

请你在秋天来。那城，那河，那古路，那山影，是终年给你预备着的。可是，加上济南的秋色，济南由古朴的画境转入静美的诗境中了。这个诗意秋光秋色是济南独有的。上帝把夏天的艺术赐给瑞士，把春天的赐给西湖，秋和冬的全赐给了济南。秋和冬是不好分开的，秋睡熟了一点便是冬，上帝不愿意把它忽然唤醒，所以作个整人情，连秋带冬全给了济南。

诗的境界中必须有山有水。那么，请看济南吧。那颜色不同，方向不同，高矮不同的山，在秋色中便越发的不同了。以颜色说吧，山腰中的松树是青黑的，加上秋阳的斜射，那片青黑便多出些比灰色深，比黑色浅的颜色，把旁边的黄草盖成一层灰中透黄的阴影。山脚是镶着各色条子的，一层层的，有的黄，有的灰，有的绿，有的似乎是藕荷色儿。山顶上的色儿也随着太阳的转移而不同。山顶的颜色不同还不重要，山腰中的颜色不同才真叫人想作几句诗。山腰中的颜色是永远在那儿变动，特别是在秋天，那阳光能够忽然清凉一会儿，忽然又温暖一会儿，这个变动并不激烈，可是山上的颜色觉得出这个变化，而立刻随着变换。忽然黄色更真了些，忽然又暗了些，忽然像有层看不见的薄雾在那儿流动，忽然像有股细风替"自然"调合着彩色，轻轻地抹上层各色俱全而全是淡美的色道儿。有这样的山，再配上那蓝的天，晴暖的阳光；蓝得像要由蓝变绿了，可又没完全绿了；晴暖得要发燥了，可是有点凉风，正像诗一样的温柔；这便是济南的秋。况且因为颜色的不同，那山的高低也更显然了。高的更高了些，低的更低了些，山的棱角曲线在晴空中更真了，更分明了，更瘦硬了。看山顶上那个塔！

再看水。以量说，以质说，以形式说，哪儿的水能比济南？有泉——到处是泉——有河，有湖，这是由形式上分。不管是泉是河是湖，全是那么清，全是那么甜，哎呀，济南是"自然"的情人吧？大明湖夏日的莲花，城河的绿柳，自然是美好的了。可是看水，是要看秋水的。济南有秋山，又有秋水，这个秋才算个秋，因为秋神是在济南住家的。先不用说别的，只说水中的绿藻吧。那份儿绿色，除了上帝心中的绿色，恐怕没有别的东西能比拟的。这种鲜绿色借着水的清澄显露出来，好像美人借着镜子鉴赏自己的美。是的，这些绿藻是自己享受那水的甜美呢，不是为谁看的。它们知道它们那点绿的心事，它们终年在那儿吻着水波，做着绿色的香梦。淘气的鸭子，用黄金的脚掌碰它们一两下。浣女的影儿，吻它们的绿叶一两下。只有这个，是它们的香甜的烦恼。羡慕死诗人呀！

在秋天，水和蓝天一样的清凉。天上微微有些白云，水上微微有些波皱。天水之间，全是清明，温暖的空气，带着一点桂花的香味。山影儿也更真了。秋山秋水虚幻地吻着。山儿不动，水儿微响。那中古的老城，带着这片秋色秋声，是济南，是诗。

印度洋上的秋思

徐志摩

昨夜中秋。黄昏时西天挂下一大帘的云母屏，掩住了落日的光潮，将海天一体化成暗蓝色，寂静得如黑衣尼在圣座前默祷。过了一刻，即听得船梢布篷上悉悉索索唼泣起来，低压的云夹着迷蒙的雨色，将海线逼得像湖一般窄，沿边的黑影，也辨认不出是山是云，但涕泪的痕迹，却满布在空中水上。

又是一番秋意！那雨声在急骤之中，有零落萧疏的况味，连着阴沉的气氲，只是在我灵魂的耳畔私语道："秋！"我原来无欢的心境，抵御不住那样温婉的浸润，也就开放了春夏间所积受的秋思，和此时外来的怨艾构合，产出一个弱的婴儿——"愁"。

天色早已沉黑，雨也已休止。但方才唼泣的云，还疏松地幕在天空，只露着些惨白的微光，预告明月已经装束齐整，专等开幕。同时船烟正在莽莽苍苍地吞吐，筑成一座蟒鳞的长桥，直联及西天尽处，和船轮泛出的一流翠波白沫，上下对照，留恋西来的踪迹。

北天云幕豁处，一颗鲜翠的明星，喜孜孜地先来问探消息，像新嫁媳的侍婢，也穿扮得遍体光艳，但新娘依然姗姗未出。

我小的时候，每于中秋夜，呆坐在楼窗外等看"月华"。若然天上有云雾缭绕，我就替"亮晶晶的月亮"担忧。若然见了鱼鳞似的云彩，我的小心就欣欣怡悦，默祷着月儿快些开花，因为我常听人说只要有"瓦楞"云，就有月华；但在月光放彩以前，我母亲早已逼我去上床，所以月华只是我脑筋里一个不曾实现的想象，直到如今。

现在天上砌满了瓦楞云彩，霎时间引起了我早年许多有趣的记忆——但我的纯洁的童心，如今哪里去了！

月光有一种神秘的引力。她能使海波咆哮，她能使悲绪生潮。月下的喟息可以结聚成山，月下的情泪可以培畦百亩的畹兰，千茎的紫琳耿。我疑悲哀是人类先天的遗传，否则，何以我们儿年不知悲感的时期，有时对着一泻的清辉，也往往凄心滴泪呢？

但我今夜却不曾流泪。不是无泪可滴，也不是文明教育将我最纯洁的本能锄净，却为是感觉了神圣的悲哀，将我理解的好奇心激动，想学契古特白登来解剖这神秘的"眸冷骨累"。冷的智永远是热的情的死仇。他们不能相容的。

但在这样浪漫的月夜，要来练习冷酷的分析，似乎不近人情，所以我的心机一转，重复将锋快的智刃收起，让沉醉的情泪自然流转，听他产生什么音乐；让缱绻的诗魂漫自低回，看他寻出什么梦境。

明月正在云岩中间，周围有一圈黄色的彩晕，一阵阵的轻霭，在她面前扯过。海上几百道起伏的银沟，一齐在微呿凄其的音节，此外不受清辉的波域，在暗中愤愤涨落，不知是怨是慕。

我一面将自己一部分的情感，看入自然界的现象，一面拿着纸笔，痴望着月彩，想从她明洁的辉光里，看出今夜地面上秋思的痕迹，希冀她们在我心里，凝成高洁情绪的菁华。因为她光明的捷足，今夜遍走天涯，人间的恩怨，哪一件不经过她的慧眼呢？

印度的 Ganges（埂奇）河边有一座小村落，村外一个榕绒密绣的湖边，生着一对情醉的男女，他们中间草地上放着一尊古铜香炉，烧着上品的水息，那温柔婉恋的烟篆，沉馥香浓的热气，便是他们爱感的象征——月光从云端里轻俯下来，在那女子胸前的珠串上，水息的烟尾上，印下一个慈吻，微哂，重复登上她的云艇，上前驶去。

一家别院的楼上，窗帘不曾放下，几枝肥满的桐叶正在玻璃上摇曳斗趣，月光窥见了窗内一张小蚊床上紫纱帐里，安眠着一个安琪儿似的小孩，她轻轻挨进身去，在他温软的眼睫上，嫩桃似的腮上，抚摩了一会儿。又将她银色的纤指，理齐了他脐圆的额发，霭然微哂着，又回她的云海去了。

一个失望的诗人，坐在河边一块石头上，满面写着幽郁的神情，他爱人的倩影，在他胸中像河水似的流动，他又不能在失望的渣滓里榨出些微的甘液，他张开两手，仰着头，让大慈大悲的月光，那时正在过路，洗沐他泪腺湿肿的眼眶，他似乎感觉到清心的安慰，立即摸出一管笔，在白衣襟上写道：

月光，
你是失望儿的乳娘！

面海一座柴房的窗棂里，望得见屋里的内容：一张小桌上放着半块面包和几条冷肉，晚餐的剩余。窗前几上开着一本家用的《圣经》，炉架上两座点着的烛台，不住地在流泪，旁边坐着一个皱面驼腰的老妇人，两眼半闭不闭地落在伏在她膝上悲泣的一个少妇，她的长裙散在地板上像一只大花蝶。老妇人掉头向窗外望，只见远远海涛起伏，和慈祥的月光在拥抱密吻，她叹了声气向着斜照在《圣经》上的月彩嗫道：

"真绝望了！真绝望了！"

她独自在她精雅的书室里，把灯火一齐熄了，倚在窗口一架藤椅上，月光从东墙肩上斜泻下去，笼住她的全身，在花砖上幻出一个窈窕的倩影，她两根垂辫的发梢，她微澹的媚唇，和庭前几茎高峙的玉兰花，都在静谧的月色中微颤，她和她的呼吸，吐出一股幽香，不但邻近的花草，连月儿闻了，也禁不住迷醉，她腮边天然的妙涡，已有好几日不圆满：她瘦损了。但她在想什么呢？月光，你能否将我的梦魂带去，放在离她三五尺的玉兰花枝上。

威尔斯西境一座矿床附近，有三个工人，口衔着笨重的烟斗，在月光中闲坐。他们所能想到的话都已讲完，但这异样的月彩，在他们对面的松林，左首的溪水上，平添了不可言语比说的妩媚，惟有他们工余倦极的眼珠不阖，彼此不约而同今晚较往常多抽了两斗的烟，但他们矿火熏黑、煤块擦黑的面容，表示他们心灵的薄弱，在享乐烟斗以外，虽经秋月溪声的裁刺，也不能有精美情绪之反感。等月影移西一些，他们默默地扑出了一斗灰，起身进屋，各自登床睡去。月光从屋背飘眼望进去，只见他们都已睡熟；他们即使有梦，也无非矿内矿外的景色！

月光渡过了爱尔兰海峡，爬上海尔佛林的高峰，正对着静默的红潭。潭水凝定得像一大块冰，铁青色。四围斜坦的小峰，全都满铺着蟹青和蛋白色的岩片碎石，一株矮树都没有。沿潭间有些丛草，那全体形势，正像一大青碗，现在满盛了清洁的月辉，静极了，草里不闻虫吟，水里不闻鱼跃，只有石缝里潜涧沥淅之声，断续地作响，仿佛一座大教堂里点着一星小火，益发对照出静穆宁寂的境界，月儿在铁色的潭面上，倦倚了半晌，重复拨起她的银篱，过山去了。

昨天船离了新加坡以后，方向从正东改为东北，所以前几天的船梢正对落日，此后"晚霞的工厂"渐渐移到我们船的左手来了。

昨夜吃过晚饭上甲板的时候，船右一海银波，在犀利之中涵有幽秘的彩色，凄清的表情，引起了我的凝视。那放银光的圆球正挂在你头上，如其起靠着船头仰望。她今夜并不十分鲜艳；她精圆的芳容上似乎轻笼着一层藕灰色的薄纱；轻漾着一种悲喟的音调；轻染着几痕泪化的雾霭。她并不十分鲜艳，然而她素洁温柔的光线中，犹之少女浅蓝妙眼的斜瞟；犹之春阳融解在山巅白云反映的嫩色，含有不可解的迷力，媚态，世间凡具有感觉性的人，只要承沐着她的清辉，就发生也是不可理解的反应，引起隐复的内心境界的紧张——像琴弦一样——人生最微妙的情绪，载震生命所蕴藏高洁名贵创现的冲动。有时在心理状态之前，或于同时，撼动躯体的组织，使感觉血液中突起冰流之冰流，嗅神经难禁之酸辛，内藏汹涌之跳动，泪腺之骤热与润湿。那就是秋月兴起的秋思——愁。

昨晚的月色就是秋思的泉湖，岂止，直是悲哀幽骚悱怨沉郁的象征，是季候运转的伟剧中最神秘亦最自然的一幕，诗艺界最凄凉亦最微妙的一个消息。

　　　　今夜月明人尽望，不知秋思在谁家。

　　中国字形具有一种独一的妩媚，有几个字的结构，我看来纯是艺术家的匠心；这也是我们国粹之尤粹者之一。譬如"秋"字，已经是一个极美的字形；"愁"字更是文字史上有数的杰作：有石开湖晕、风扫松针的妙处，这一群点画的配置，简直经过柯罗的书篆、米仡朗基罗的雕圭、Chopin 的神感；像——用一个科学的比喻——原子的结构，将旋转宇宙的大力收缩成一个无形无纵的电核；这十三笔造成的象征，似乎是宇宙和人生悲惨的现象和经验，吁唷和涕泪，所凝成最纯粹精密的结晶，满充了催迷的秘力。你若然有高蒂闲（Cautier）异超的知感性，定然可以梦到，愁字变形为秋霞黯绿色的通明宝玉，若用银槌轻击之，当吐银色的幽咽电蛇似腾入云天。

　　我并不是为寻秋意而看月，更不是为觅新愁而访秋月；蓄意沉浸于悲哀的生活，是丹德所不许的。我盖见月而感秋色，因秋窗而拈新愁：人是一簇脆弱而富于反射性的神经！

　　我重复回到现实的景色，轻裹在云锦之中的秋月，像一个遍体蒙纱的女郎，她那团圆清朗的外貌像新娘，但同时她幂弦的颜色，那是藕灰，她踟躇的行踵、掩泣的痕迹，又使人疑是送丧的丽姝。所以我

曾说:

　　秋月呀!
　　我不盼望你团圆。

　　这是秋月的特色,不论她是悬在落日残照边的新镰,与"黄昏晓"竞艳的眉钩,中宵斗没西陲的金碗,星云参差间的银床,以至一轮腴满的中秋,不论盈昃高下,总在原来澄爽明秋之中,遍洒着一种我只能称之为"悲哀的轻霭",和"传愁的以太"。即使你原来无愁,见此也禁不得沾染那"灰色的音调",渐渐兴感起来!

　　秋月呀!
　　谁禁得起银指尖儿
　　浪漫地搔爬呀!

　　不信但看那一海的轻涛,可不是禁不住她玉指的抚摩,在那里低徊饮泣呢!就是那:

　　无聊的云烟,
　　秋月的美满,
　　熏暖了飘心冷眼,
　　也清冷地穿上了轻缟的衣裳,

来参与这

美满的婚姻和丧礼。

十月六日志摩

异国秋思

庐 隐

　　自从我们搬到郊外以来，天气渐渐清凉了。那短篱边牵延着的毛豆叶子，已露出枯黄的颜色来，白色的小野菊，一丛丛由草堆里钻出头来，还有小朵的黄花在凉劲的秋风中抖颤，这一些景象，最容易勾起人们的秋思，况且身在异国呢！低声吟着"帘卷西风，人比黄花瘦"之句，这个小小的灵宫，是弥漫了怅惘的情绪。

　　书房里格外显得清寂，那窗外蔚蓝如碧海似的青天，和淡金色的阳光，还有挟着桂花香的阵风，都含了极强烈的、挑拨人类心弦的力量，在这种刺激之下，我们不能继续那死板的读书工作了，在那一天午饭后，波便提议到附近吉祥寺去看秋景。三点多钟我们乘了市外电车前去——这路程太近了，我们的身体刚刚坐稳便到了。走出长甬道的车站，绕过火车轨道，就看见一座高耸的木牌坊，在横额上有几个汉字写着"井之头恩赐公园"。我们走进牌坊，便见马路两旁树木葱茏，绿荫匝地，一种幽妙的意趣，萦缭脑际，我们怔怔地站在树影下，好像身入深山古林了。在那枝柯掩映中，一道金黄色的柔光正荡漾着。使我想象到一个披着金绿柔发的仙女，正赤着足，踏着白云，从这里经过的情景。再向西方看，一抹彩霞，正横在那叠翠的峰峦上，如黑点的飞鸦，穿林翩翩，我一缕的愁心真不知如何安派，我要吩咐征鸿把它带回故国吧！无奈它是那样不着迹地去了。

我们徘徊在这浓绿深翠的帷幔下，竟忘记前进了。一个身穿和服的中年男人，脚上穿着木屐，提塔提塔地来了。他向我们打量着，我们为避免他的觑视，只好加快脚步走向前去。经过这一带森林，前面有一条鹅卵石堆成的斜坡路，两旁种着整齐的冬青树，只有肩膀高，一阵阵的青草香，从微风里荡过来，我们慢步地走着，陡觉神气清爽，一尘不染。下了斜坡，面前立着一所小巧的东洋式的茶馆，里面设了几张小矮几和坐褥，两旁列着柜台，红的蜜橘，青的苹果，五色的杂糖，错杂地罗列着。

"呀！好眼熟的地方！"我不禁失声地喊了出来。于是潜藏在心底的印象，陡然一幕幕地重映出来，唉！我的心有些抖颤了。我是被一种感怀已往的情绪所激动，我的双眼怔住，胸膈间充塞着悲凉，心弦凄紧地搏动着。自然是回忆到那些曾被流年践踏过的往事；"唉！往事，只是不堪回首的往事呢！"我悄悄地独自叹息着。但是我目前仍然有一幅逼真的图画再现出来……

一群骄傲于幸福的少女们，她们孕育着玫瑰色的希望，当她们将由学校毕业的那一年，曾随了她们德高望重的教师，带着欢乐的心情，渡过日本海来访蓬莱的名胜。在他们登岸的时候，正是暮春三月樱花乱飞的天气。那些缀锦点翠的花树，都是使她们乐游忘倦。她们从天色才黎明，便由东京的旅舍出发；先到上野公园看过樱花的残妆后；又换车到井之头公园来。这时疲倦袭击着她们，非立刻找个地点休息不可。最后她们发现了这个位置清幽的茶馆；便立刻决定进去吃些东西。大家团团围着矮凳坐下，点了两壶龙井茶，和一些奇甜的东洋点心，她们吃着喝着，高声谈笑着，她们真像是才出谷的雏莺；只觉眼前的东西，件件新鲜，处处都富有生趣。当然她们是被搂在幸福之神的怀抱里了。青春的爱娇，活泼协乐的心情，她们是多么可艳羡的人生呢！

但是流年把一切都毁坏了！谁能相信今天在这里低徊追怀往事的我，也正是当年幸福者之一呢！哦！流年，残刻的流年呵！它带走了人间的爱娇，它蹂躏了英雄的壮志，使我站在这似曾相识的树下，只有咽泪，我有什么方法，使年光倒流呢！

唉！这仅是九年后的今天。呀，这短短的九年中，我走的是崎岖的世路，我攀缘过陡峭的崖壁，我由死的绝谷里逃命，使我尝着忍受由心头淌血的痛苦，命运要我喝干自己的血汁，如同喝玫瑰酒一般……

唉！这一切的刺心回忆，我忍不住流下辛酸的泪滴，连忙离开这容易激动感情的地方吧！我们便向前面野草漫径的小路上走去，忽然听见一阵悲恻的唏嘘声，我仿佛看见张着灰色翅翼的秋神，正躲在那厚密的枝叶背后，立时那些枝叶都息息索索地颤抖起来。草底下的秋虫，发出连续的唧唧声，我的心感到一阵阵的凄冷；不敢向前去，找到路旁一张长木凳子坐下。我用滞呆的眼光，向那一片阴阴森森的丛林里睁视，当微风分开枝柯时，我望见那小河里的潺湲碧水了。水上皱起一层波纹，一只小划子，从波纹上溜过。两个少女摇着桨，低声唱着歌儿。我看到这里，又无端感触起来，觉得喉头梗塞，不知不觉叹道：

"故国不堪回首。"同时那北海的红漪清波浮现眼前，那些手携情侣的男男女女，恐怕也正摇着画桨，指点着眼前清丽秋景，低语款款吧！况且又是菊茂蟹肥时候，料想长安市上，车水马龙，正不少欢乐的宴聚；这漂泊异国、秋思凄凉的我们当然是无人想起的。不过，我们却深深地眷怀着祖国，渴望得些好消息呢！况且我们又是神经过敏的，揣想到树叶凋落的北平，凄风吹着，冷雨洒着的这些穷苦的同胞，也许正向茫茫的苍天悲诉呢！唉，破碎紊乱的祖国呵！北海的风光不能粉饰你的寒伧！来今雨轩的灯红酒绿，不能安慰忧患的人生，深深眷念着祖国的我们，这一颗因热望而颤抖的心，最后是被秋风吹冷了。

赏菊狮子林

周瘦鹃

节气已过小雪，而江南一带不但毫无雪意，天气还是并不太冷，连浓霜也不曾有过，菊花正开得挺好，正是举行菊展的好时刻。大型的菊展，是在狮子林举行的。凡是苏州市各园林的菊花，几乎都集中于此，大大小小数千百盆，云蒸霞蔚地蔚为大观。

一进狮子林大门，就瞧见前庭陈列着不少盆菊，五色缤纷，似乎盛妆迎客。沿着走廊北进，到了燕誉堂，堂前假山上、花坛里，都错错落落地点缀着菊花，堂上每一几，每一案，都陈列着大小方圆的陶盆、瓷盆，盆中都整整齐齐地种着细种、名种的菊花，真是形形色色，林林总总，任是丹青妙手，怕也没法儿一一描画出来。当初陶渊明所爱赏的，大概只有黄菊一种，怎能比得上我们今天的幸运，可以看到这样丰富多彩的各种名菊而大开眼界，大饱眼福呢。

这一带原是园中的建筑群，燕誉堂的后面是一个小小结构的小方厅，从后院中，走出一扇海棠式的门，就到了揖峰指柏轩，再向西进，便是旧时建筑物中仅存的所谓古五松园。每一座厅、一座轩、一座堂，都陈列着多种多样的名菊，而这些厅堂前后都有院落，都有假山，也一样用多种多样的名菊随意点缀着。这触处都是不可胜数的名菊，都是公园、拙政园、留园、狮子林、网师园等花工们一年劳动的结晶。

揖峰指柏轩的前面，有一条狭狭的小溪，溪上架着一条弓形的石桥，桥栏上齐整地排列着好多盆黄色和浅紫色的小菊花，好像是两道锦绣的花边，形成了一条绚烂的花桥。站在轩前抬眼望去，可见一座座的奇峰，一株株的古柏，就可明了轩名揖峰指柏的含义。此外还有头角峥嵘的石笋和木化石，都是五六百年来身历兴废的古物，还是元代造园时就兀立在这里的。这一带的假山迂回曲折，路复山重，要是漫不经心地随意蹓跶，就好像误入了诸葛孔明的八卦阵，迷迷糊糊地找不到出路。

荷花厅在揖峰指柏轩之西，厅前有大天棚很为爽垲，这是供游客们啜茗休憩的所在。棚临大池塘，种着各色各种荷花，入夏翠盖红裳，足供欣赏。现在荷花没有了，却可在这里赏菊；原来花工们别出心裁，在前面连绵不断的假山上，像散兵线般散放着一盆盆黄白的菊花，远远望去，倒像是秋夜散布天际的星斗一样。出厅更向西进，有一个金碧辉煌的水榭，上有蓝地金字匾额，大书"真趣"二字，并没款识，据说是清帝乾隆所写的。西去不多远，有一只石造的画舫，窗嵌五色玻璃，十分富丽；现在船舷、船头、船尾上，都密集地安放着各色小型的盆菊，形成了一只美丽的花船。沿着长廊再向西去，由假山上拾级而登，就是赏梅所在的暗香疏影楼。出楼向南，得一亭，叫作听涛亭，与荷池边的观瀑亭遥遥相对。原来这里是西部假山最高的所在，下有人造瀑布，开了机括，水从隐蔽着的水塔管中汤汤下泻，泻过湖石叠成的几叠水坝，活像山中真瀑，挂下一大匹白练来，气势磅礴，水声淘淘，边看边听，使人心腑一清；这是狮子林的又一特点，为其他园林所没有的。出亭，过短廊，入问梅阁，古诗"君自故乡来，应知故乡事；昨日绮窗前，寒梅着花未？"因阁下多梅树，就借用"问梅花开未"的意思，作为阁名。阁中桌凳，都作梅花形，窗上全是冰梅纹的格子，而又挂着"绮窗春讯"四字的横额，都是和梅花互相配合的。现在当然不用问梅花开否，但也有菊花可赏，林和靖可只得反串陶渊明了。从这里一路沿廊下去，还有双香仙馆、扇子亭、立雪亭、修竹阁等建筑物，为了这一带已没有菊花，也就不用流连了。

秋夜

丽 尼

四个人在田间的小径上移动着，如同四条影子，各人怀抱着自己底寂寞，和世界底愁苦。

月色是迷蒙的，村庄已经遥远了。

小溪之中没有流水，田间没有庄稼。

路旁坟上的古柏，在月光之下显得更其憔悴而苍老了。

惟有秋风是在忧愁地吹。没有夜露。

没有目的的旅程，向着什么地方去的呢？世界是一个大的荒原。

只是如影子一般地沉默着啊。

低着头，看着自己底影子没在黄尘之中，想着被留在故乡的人们底命运。

往古的日子回到记忆中来，那些日子，如今是不会有的了。

于是，脚步渐渐地移动得更为缓慢。

往日，那是什么日子？只要把种子撒在地上，就是收成。手和足还有什么用啊！

村里的人会酿酒，会织布，会笑，会唱歌。

工作里面有着快乐。只要得到了五串钱，可不是就有一亩自己底土地？

青苗是可爱的；土地散发着芳香。

然而，土地却渐渐地变成荒芜，渐渐地不属于自己了。

四个人寂寞地移动着，如同四条影子。

乌云却围合了上来，罩住了整个的大地。

"就是能够下雨吧，下雨又有什么用？从枯槁的干草和别人底田禾里能够希望收成么？出去了的人就没有能够回来的；从往古直到现在，永远是这个道理。"

于是，沉默地走着了。走向着不可知的土地。

在心底，不知觉地闯入了客死他乡的哀愁。

寻水的田蛙被饥饿的土蛇追赶着，发出了哀哀的鸣声。

秋风在田野之中作着不可以理解的咒语。

"黑暗里面还有前途么？"

于是，哀愁的心如铅一般地沉落了，给每个人加上了重负。

移动着，寂寞地，四条影子，被埋在黑暗底怀中。

一九三四年九月

红叶

倪贻德

重阳节前后的那几天，可说是秋天的精神发挥得最充分的时候。倘若不相信这句话，你不妨到野外去走一趟看看，最好是到那丘陵起伏的高旷之地，又还须骑一匹蹄声得得的驴子，那么你就可以在驴背上看见缓缓地从你两旁经过的秋山野景。知道大自然是如何地在那里表现着庄严灿烂的精神，又如何地在那里发挥着崇高悠远的诗意了。

如今佳节又近了重阳，寥廓的天空，只是那般蔚蓝一碧，灿烂的骄阳，想已把青青的郊原，晒成一片锦乡的华毯；葱郁的林木，染为几丛灼嫩的红叶了罢。紫金山麓，灵谷寺前，正是秋色方酣的时候。当这样的佳景，这样的令节，我们应当怎样地去遨游寻乐，才不致辜负这大自然赐给与我们的幸福呢！

于是我们又踏过断碣残垣的明故宫，走出了午朝门，在城脚下一个驴夫那里雇了几匹驴子，踽踽地直向前面山道中进行。山道是迂回曲折，高低起伏，驴儿也跟了它一蹬一颠地缓步，或左或右地前进。

在驴背上一路地贪看着荒山野景，饱尝了许多从前所未曾接触过的清新的美点来，这美点倘若要精细地描写出来，抽象的文字恐怕还嫌不足，最好是用具象的绘画，或者可以更直接更真确些。哦哦，这秋阳中倾斜的山坡，山坡上铺满着不知名的野花——那五色斑烂的野花，远远的一角城墙，城墙上的天空，天空中流荡着的白云，这不是一幅极好的风景画的题材吗？哦哦，这几间古旧的茅舍，茅舍旁有垂着苍黄头颅的向日葵，茅舍前有半开半掩的年久的柴扉，柴扉前立着一个孩子，他抱了一束薪，在那里对我们呆看的神情，那又好像在什么地方的一张名画里看见过的样子。哦哦，这一带疏林枫叶，枫叶经了秋阳的薰染，经了秋风的吹拂，也有红的了，红得如玛瑙般地鲜明；也有黄的了，黄得如油菜花般地娇艳；也还有绿的，那仿佛还在长夏时一般地滴翠；后面有红墙古屋的衬托，上面有蓝天的掩映……这又好像是我的一个好友曾经在哪里表现过的一幅画境……

我这样地在驴背上默默地看着想着，其余的几个朋友也都默默，这空山之中，除开得得的蹄声，也没有鸟唱，也没有虫鸣，也没有人语，大概这时候，大家受了大自然的引诱，都不知不觉地为它伟大的力量所慑伏了。总之，我们好像已经不是现实的人，而变成了山水画中点缀的人物了。

游兴还是很浓的，太阳却缓缓地打斜了，影子也渐渐地修长起来，一切的景物自然更增长了她们的华丽灿烂。然而这无限好的黄昏，偏又在催游人归去。归途，随处拾着红叶，摘着野花，笑看那斜阳中的樵牧，那种快乐的遭遇，真使我有终老是乡、不愿再返尘世的感想了。

香山红叶

杨　朔

　　早听说香山红叶是北京最浓最浓的秋色，能去看看，自然乐意。我去的那日，天也作美，明净高爽，好得不能再好了；人也凑巧，居然找到一位老向导。这位老向导就住在西山脚下，早年做过四十年的向导，胡子都白了，还是腰板挺直，硬朗得很。

　　我们先邀老向导到一家乡村小饭馆里吃饭。几盘野味，半杯麦酒，老人家的话来了，慢言慢语说："香山这地方也没别的好处，就是高，一进山门，门槛跟玉泉山顶一样平。地势一高，气也清爽，人才爱来。春天人来踏青，夏天来消夏，到秋天——"一位同游的朋友急着问："不知山上的红叶红了没有？"

　　老向导说："还不是正时候。南面一带向阳，也该先有红的了。"

　　于是用完酒饭，我们请老向导领我们顺着南坡上山。好清静的去处啊。沿着石砌的山路，两旁满是古松古柏，遮天蔽日的，听说三伏天走在树荫里，也不见汗。

　　老向导交叠着两手搭在肚皮上，不紧不慢走在前面，总是那么慢言慢语说："原先这地方什么也没有，后面是一片荒山，只有一家财主雇了个做活的给他种地、养猪。猪食倒在一个破石槽里，可是倒进去一点食，猪怎么吃也吃不完，那做活的觉得有点怪，放进石槽里几个铜钱，钱也拿不完，就知道这是个聚宝盆了。到算工账的时候，做活的什么也不要，单要这个石槽。一个破石槽能值几个钱？财主乐得送个人情，就给了他。石槽太重，做活的扛到山里，就扛不动了，便挖个坑埋好，怕忘了地点，又拿一棵松树和一棵柏树插在上面做记号，自己回家去找人帮着抬。谁知返回来一看，满山都是松柏树，数也数不清。"谈到这儿，老人又慨叹说："这真是座活山啊。有山就有水，有水就有脉，有脉就有苗，难怪人家说下面埋着聚宝盆。"

这当儿，老向导早带我们走进一座挺幽雅的院子，里边有两眼泉水。石壁上刻着"双清"两个字。老人围着泉水转了转说："我有十年不上山了，怎么有块碑不见了？我记得碑上刻的是'梦赶泉'。"接着又告诉我们一个故事，说是元朝有个皇帝来游山，倦了，睡在这儿，梦见身子坐在船上，脚下翻着波浪，醒来叫人一挖脚下，果然冒出股泉水，这就是"梦赶泉"的来历。

老向导又笑笑说："这都是些乡村野话，我怎么听来的，怎么说，你们也不必信。"

听着这个白胡子老人絮絮叨叨谈些离奇的传说，你会觉得香山更富有迷人的神话色彩。我们不会那么煞风景，偏要说不信。只是一路上山，怎么连一片红叶也看不见？

老人说："你先别急，一上半山亭，什么都看见了。"

我们上了半山亭，朝东一望，真是一片好景，莽莽苍苍的河北大平原就摆在眼前，烟树深处，正藏着我们的北京城。也妙，本来也算有点气魄的昆明湖，看起来只像一盆清水。万寿山、佛香阁，不过是些点缀的盆景。我们都忘了看红叶。红叶就在高山头坡上，满眼都是，半黄半红的，倒还有意思。可惜叶子伤了水，红得又不透。要是红透了，太阳一照，那颜色该有多浓。

我望着红叶，问："这是什么树？怎么不大像枫叶？"

老向导说："本来不是枫叶嘛。这叫红树。"就指着路边的树，说，"你看看，就是那种树。"

路边的红树叶子还没红，所以我们都没注意。我走过去摘下一片，叶子是圆的，只有叶脉上微微透出点红意。

我不觉叫："哎呀！还香呢。"把叶子送到鼻子上闻了一闻，那叶子发出一股轻微的药香。另一位同伴也嗅了嗅，叫："哎呀！是香。怪不得叫香山。"

老向导也慢慢说："真是香呢。我怎么做了四十年向导，早先就没闻见过呢？"

我的老大爷，我不十分清楚你过去的身世，但是从你脸上密密的纹路里，猜得出你是个久经风霜的人。你的心过去是苦的，你怎么能闻到红叶的香味？我也不十分清楚你今天的生活，可是你看，这么大年纪的一位老人，爬起山来不急，也不喘，好像不快，我们可总是落在后边，跟不上。有这样轻松脚步的老年人，心情也该是轻松的，还能闻不见红叶香？

老向导就在满山红叶的香里，领着我们看了"森玉笏"、"西山晴雪"、昭庙，还有别的香山风景。下山的时候，将近黄昏，一仰脸望见东边天上现出半轮上弦的白月亮，一位同伴忽然想起来，说："今天是不是重阳？"一翻身边带的报纸，原来是重阳的第二日。我们这一次秋游，倒应了重九登高的旧俗。

　　也有人觉得没看见一片好红叶，未免美中不足。我却摘到一片更可贵的红叶，藏到我心里去。这不是一般的红叶，这是一片曾在人生经过风吹雨打的红叶，越到老秋，越红得可爱。不用说，我指的是那位老向导。

杭江之秋

傅东华

从前谢灵运游山，"伐木取径，……从者数百人"，以致被人疑为山贼。现在人在火车上看风景，虽不至像康乐会那样杀风景，但在那种主张策杖独步而将自己也装进去做山水人物的诗人们，总觉得这样的事情是有伤风雅的。

不过，我们如果暂时不谈风雅，那么觉得火车上看风景也有一种特别的风味。

风景本是静物，坐在火车上看就变动的了。步行的风景游览家，无论怎样把自己当作一具摇头摄影器，他的视域能有多阔呢？又无论他怎样健步，无论视察点移得怎样多，他目前的景象总不过有限几套。若在火车上看，那风景就会移步换形，供给你一套连续不断的不同景象，使你在数小时之内就能获得数百里风景的轮廓。"火车风景"（如果许我铸造一个名词的话）就是活动的影片，就是一部以自然美做题材的小说，它是有情节的，有布局的——有开场，有 Climax，也有大团圆的。

新辟的杭江铁路从去年春天通车到兰溪，我们的自然文坛就又新出版了一部这样的小说。批评家的赞美声早已传到我耳朵里，但我直到秋天才有功夫去读它。然而秋天是多么幸运的一个日子啊！我竟于无意之中得见杭江风景最美的表现。

"火车风景"是有个性的。平浦路上多黄沙，沪杭路上多殡屋。京沪路只北端稍觉雄健，其余部分也和沪杭路一样平凡。总之，这几条路给我们一个共同的印象——就是单调。它们都是差不多一个图案贯彻到底的。你在这段看是这样，换了一段看也仍是这样——一律是平畴，平畴之外就是地平线了。偶然也有一两块山替那平畴做背景，但都单调得多么寒伧啊！

秋是老的了，天又下着濛濛雨，正是读好书的时节。

从江边开行以后，我就壹志凝神地准备着——准备着尽情赏鉴一番，准备着一幅幅的画图连续映照在两边玻璃窗上。

萧山站过去了，临浦站过去了，这样差不多一个多钟头，只偶然瞥见一两点遥远的山影，大部分还是沪杭路上那种紧接地平线的平畴，我便开始有点觉得失望。于是到了尖山站，你瞧，来了——山来了。

山来了，平畴突然被山吞下去了。我们夹进了山的行列，山做我们前面的仪仗了。那是重叠的山，"自然"号里加料特制的山。你决不会感着单薄，你决不会疑心制造时减料偷工。

有时你伸出手去差不多就可摸着山壁，但是大部分地方山的倾斜都极大。你虽在两面山脚的缝里走，离开山的本峰仍旧还很远，因而使你有相当的角度可以窥见山的全形。但是哪一块山肯把她的全形给你看呢？哪一块山都和她的同伴们或者并肩，或者交臂，或者搂抱，或者叠股。有的从她伙伴们的肩膊缝里露出半个罩着面幕的容颜，有的从她姊妹行的云鬟边透出一弯轻扫淡妆的眉黛。浓妆的居于前列，随着你行程的弯曲献媚呈妍；淡妆的躲在后边，目送你忍心奔驶而前，有若依依不舍的态度。

这样使我们左顾右盼地应接不暇了二三十分钟，这才又像日月蚀后恢复期间的状态，平畴慢慢地吐出来了。但是地平线终于不能恢复。那逐渐开展的平畴随处都有山影作镶绲；山影的浓淡就和平畴的阔狭成了反比例。有几处的平畴似乎是一望无际的，但仍有饱蘸着水的花青笔在它的边缘上轻轻一抹。

于是过了湄池，便又换了一幕。突然间，我们车上的光线失掉均衡了。突然间，有一道黑影闯入我们的右侧。急忙抬头看时，原来是一列重叠的山嶂从烟雾迷漫中慢慢地遮上前来。这一列山嶂和前段看见的那些对峙山峦又不同。它们是朦胧的，分不出它们的层叠，看不清它的轮廓，上面和天空浑无界线，下面和平地不辨根基，只如大理石里隐约透露的青纹，究不知起自何方，也难辨迄于何处。

那时我们的左侧本是一片平旷，但不知怎么一转，山嶂忽然移到左侧来，平旷忽然搬到右侧去。如是者交互着搬动了数回，便又左右都有山嶂，只不如从前那么夹紧，而左右各有一段平畴做缓冲了。

这时最奇的景象，就是左右两侧山容明暗之不一。你向左看时，山的轮廓很暧昧，向右看时，却如几何图画一般地分明。你以为这当然是"秋雨隔田塍"的现象所致，但是走过几分钟之后，暧昧和分明的方向忽然互换了，而我们却是明明按直线走的。谁能解释这种神秘呢？

到直埠了。从此神秘剧就告结束，而浓艳的中古浪漫剧开幕了。幕开之后，就见两旁竖着不断的围屏，地上铺着一条广漠的厚毯。围屏是一律浓绿色的，地毯则由黄、红、绿三种彩色构成。黄的是未割的缓稻，红的是荞麦，绿的是菜蔬。可是谁管它什么是什么呢？我们目不暇接了。这三种彩色构成了平面几何的一切图形，织成了波斯毯、荷兰毯、纬成绸、云霞缎……上一切人类所能想象的花样。且因我们自己如飞的奔驰，那三种基本色素就起了三色板的作用，在向后飞驰的过程中化成一切可能的彩色。浓艳极了，富丽极了！我们领略着文艺复兴期的荷兰的画图，我们身入了《天方夜谭》里的苏丹的宫殿。

　　这样使我们的口味腻得化不开了一回，于是突然又变了。那是在过了诸暨牌头站之后。以前，山势虽然重叠，虽然复杂，但只能见其深，见其远，而未尝见其奇，见其险。以前，山容无论暧昧，无论分明，总都载着厚厚一层肉，至此，山才挺出嶙峋的瘦骨来。山势也渐兀突了，不像以前那样停匀了。有的额头上怒挺出铁色的巉岩，有的半腰里横撑出骇人的刀戟。我们从它旁边擦过去，头顶的悬崖威胁着要压碎我们。就是离开稍远的山岩，也像铁罗汉般踞坐着对我们怒视。如此，我们方离了肉感的奢华，便进入幽人的绝域。

　　但是调剂又来了。热一阵，冷一阵，闹一阵，静一阵，终于又到不热亦不冷、不闹亦不静的郑家坞了。山还是那么兀突，但是山头偶有几株苍翠欲滴的古松，将山骨完全遮没，狰狞之势也因而减杀。于是我们于刚劲肃杀中复得领略柔和的秀气。那样的秀，那样的翠，我生平只在宋人的古画里看见过。从前见古人画中用石绿，往往疑心自然界没有这种颜色，这番看见郑家坞的松，才相信古人着色并非杜撰。

而且水也出来了。一路来我们也曾见过许多水，但都不是构成风景的因素。过了郑家坞之后，才见有曲折澄莹的山涧山溪，随山势的迂回共同构成了旋律。杭江路的风景到郑家坞而后山水备。

于是我们转了一个弯，就要和杭江秋景最精彩的部分对面了——就要达到我们的 Climax 了。

苏溪——就是这个名字也像具有几分的魅惑，但已不属出产西施的诸暨境了。我们那个弯一转过来，眼前便见烧野火般的一阵红——满山满坞的红，满坑满谷的红。这不是枫叶的红，乃是柏子叶的红。柏子叶的隙中又有荞麦的连篇红秆弥补着，于是一切都被一袭红锦制成的无缝天衣罩着了。

但若这幅红锦是四方形的、长方形的、菱形的、等边三角形的、不等边三角形的、圆形的、椭圆形的，或任何其他几何图形的，那就不算奇，也就不能这般有趣。因为既有定形，就有尽处，有尽处就单调了。即使你的活动的视角可使那幅红锦忽而方，忽而圆，忽而三角，忽而菱形，那也总不过那么几套，变尽也就尽了。不。这地方的奇不在这样的变，而在你觉得它变，却又不知它怎样变。这叫我怎么形容呢？总之，你站在这个地方，你是要对几何家的本身也发生怀疑的。你如果尝试说：在某一瞬间，我前面有一条路。左手有一座山，右手有一条水。不，不对；决没有这样整齐。事实上，你前面是没有路的，最多也不过几码的路，就又被山挡住，然而你的火车仍可开过去，路自然出来了。你说山在左手，也许它实在在你的背后；你说水在右手，也许它实在在你的面前。因为一切几何学的图形都被打破了。你这一瞬间是在这样畸形的一个圈子里,过了一瞬间就换了一个圈子,仍旧是畸形的,却已完全不同了。这样,你的火车不知直线呢或是曲线地走了数十分钟,你的意识里面始终不会抓住那些山、水、溪滩的部位,就只觉红、红、红,无间断的红,不成形的红,使得你迷离惝恍,连自己立脚的地点也要发生疑惑。

寻常,风景是由山水两种要素构成的,平畴不是风景的因素。所以山水画者大都由水畔起山,山脚带水,断没有把一片平畴画入山水之间的。在这一带,有山、有水、有溪滩,却也有平畴,但都布置得那么错落,支配得那么调和,并不因有平畴而破坏了山水自然的结构,这就又是这最精彩部分的风景的一个特色。

此后将近义乌县城一带,自然的美就不得不让步给人类更平凡的需要了,山水退为田畴了,红叶也渐稀疏了。再下去就可以"自桧无讥"。不过,我们这部小说现在尚未完成,其余三分之一的回目不知究竟怎样,将来的大团圆只好听下回分解了。

真所谓"文章本天成,妙手自得之"。自古造铁路的计划何曾有把风景作参考的呢?然而杭江路居然成了风景的杰作!

不过以上所记只是我个人一时得的印象。如果不是细雨蒙蒙红叶遍山的时节,当然你所得的印象不会相同。你将来如果"查与事实不符",千万莫怪我有心夸饰!

秋日风景画

穆木天

一

狂风暴雨从海上吹来。大的都市如死了一样。除了时时送来的几口汽车声，火车拉笛声，若有若无的电车响动，再听不见什么都市的声音了。叫卖的声音，扯着闹着的儿童们的喧嚣声，是再也听不见了。如狂波怒涛般的大都市，如鼎沸一般的大都市，现在好像是停止了动作。生命跃动的都市好像变成为一座死城。

只是狂风暴雨在咆哮着，在这"九·一八"的夜间。可是，在日间，在太阳旗之下，日本在欢声雷动地庆祝着"九·一八"纪念。而殖民地的民众却是屏声息气地连反对的声音都不敢公然地吐出来。而不到夜间，又袭来了暴风雨。刮得无家可归，暴尸于荒郊野外的，真不知有几何人。狂风暴雨好像更加清楚了压迫者之面貌的猛恶。在这"九·一八"的夜间，只是狂风暴雨在咆哮着。

在这个不安的夜里，对着沉沉欲坠的黑暗的巨幕，听着吼吼的风雨声，傍着依稀的灯光，我回想到一幅一幅的秋日的风景画。

二

那时，我是一个天真的孩子。是八岁，也许是九岁。

风景，是我的故乡的野外。是秋日萧瑟的景象。

时间，是日俄战后，由于南满铁道之开发，乡间的一部分人相当地富裕起来的时代。

那个时候，我的家庭是相当地安适。我一个人读书。

一天，我跑到野外去了。

高粱，"晒了红米"了。小河的边上的草，枯黄了。满山秋色。牧童在放着牲畜。出了学房，到了野外，使我感到无限地舒畅。

那时，是天下太平，没有土匪，也没棒子手（劫道的）。夏天，我们可以到山里打杏，采芍药、百合、狼尾蒿。在那树木关门的时节，都是一无所惧的。何况，现在是秋天呢。沿着小路，我不觉地走到牧童们相聚的所在。

牧童们都像是天真的。都是街头街尾左右近邻的孩子们，他们认识我，他们向我打招呼。

——哎，大家烧毛豆好么，我，笑眯眯地，向他们要求。

——好罢！大家像是赞成我的意见似的。

大家到邻近的豆地中折了些毛豆。拾了些干柴枯草，弄了一把火。不一会儿，毛豆啪啪地燃起来了。

烧熟了毛豆，大家分着吃了一顿。都是非常地高兴的。一边吃着，一边说着。

吃烧包米（玉黍）的风味，和吃烧毛豆的风味，是我永不能忘记的。

可是，自由地，在山野中吃烧毛豆的那一次，是最愉快的。

但是那种世界，现在哪里去了？

三

又是一幅秋天的风景画。是在北方，可不是我的故乡。

是在天津卫。天津卫，是伟大的名字"一京，二卫，三通州"。那给了我无限的憧憬，在我的少年时代。

天津又称作"北洋"。那是更引起我的幻想。在故乡中学的教室里，时常这样设想。"北洋"是一片汪洋，是在海的旁边的一座蜃楼般的都市。索性是一片汪洋中还涌着几只绵羊。

到了天津卫，觉得倒也不错。但是，不是海滨上的幻影的城池，而是沙漠中的一片尘烟扑地的街市。

听说有一个紫竹林，自己总以为是一座竹林，是一片紫色。好像是观音菩萨住在那个处所。但是没有去过。

秋日里，在野外散步，是一种乐趣。两三位朋友在一起，绕着野外小径，谈着灵修问题，或谈着自然科学的学习，是非常地适意。

一天的情景又到在我的目前了。那是乘船到黄家坟去。是学校青年会举行的秋季旅行。

在黄沙飞腾的天津生活，苦的是缺少水。虽然那一道海河，是一带浊流，但是离开了满目黄沙的南开，到了河的中流，溯流而上，大家，你唱我和地，唱着歌，也是一种说不出的快乐。

看着熙熙攘攘的街市，望着西沽的教室，想象着要去的那个所在，心中是别有天地的。

黄家坟自然是初秋的景象啦。虽然秋日非常地和煦，但已令人感到白杨萧萧了。从船上望去，无数的白杨，拱抱着一块坟地。四边是满目的田畴。

大家席地而坐地吃野餐，谈话。随着，四散地，玩去了。

一望无边的莽原，使我更感到茫茫禹域之广大。我感谢上帝。我想象着在这块平原上，将林立起工厂的烟囱。烟囱里的烟直冲云霄，机器的响动轰震四野。我想象着我是一个工程师。我想来想去，看着地形，想起几何的公式来了。可是我的工程师的梦未能实现，我所想的那些工厂的烟囱与机械也未有产生出来。那一个世界是在怎样的条件下才能实现呢？

四

又是一幅的秋天的风景画。是在日本京都的吉田山上。

是一座神社，在吉田山的东麓上。神社是盖覆在吉田山的绿树浓荫之下。神社前边，是一条长的石头的阶段，直通到山下边的马路。马路那边就是古刹真如堂。

在薄暮的时节，我同 T 并坐神社中的石凳上。T 君是我的高一级的同学，同时，是文学上的朋友。

真如堂在绿树苍郁之中露出来他的尖巅。远远地，在东山这边的山谷中的人家的屋顶上，还余着断续的炊烟。

夜幕越发地坠下来了。空中，时时地，度过着一只飞鸟。

T 君又想做拜伦，又想做维特。夏天，他去过宫津，在庙里结识了一位少女 TY。

T 君总向我谈他的理想：哥德一生有过十四个爱人。但是他在宫津遇见过一个。我则是望洋兴叹。

我们的话题总是"美化人生，情化自然"。从艺术讲到恋爱，从恋爱讲到艺术。讲来讲去，他总是煽动，我总是无从问津。

那时，维特、拜伦，的确地，是我们的理想人物。

空抱着理想，怎能实现呢？这又是问题了。

于是忧郁了。但不是幻灭。不能实现的热望，不住的憧憬，我那时觉得是美的。

夜色朦胧，心地朦胧，一片诗意。随着，古寺中振响出来灰白色的钟声，在空气中荡漾着。

钟声止了。我们又到在薄冥的道上了。

——上哪儿去呢？我们互相地问着。

一边说着，不知不觉地，顺着小径走下去了。

夜色是朦胧的，心地更是朦胧的。

心里永远是充满着爱的憧憬。

理想是能实现，倒是有点诗意。秋的薄冥像是微笑地在安慰我。

这种的朦胧的心情，当时是深深地藏在我的心底。我总是在这种忧郁气氛中生存着。

这种心情现在是成为了云烟消散了。

五

又是一幅秋景。是在伊豆半岛的伊东町。

受了一点精神上的苦痛。S君劝我暑中同他到了海岸上。

到的时候是炎夏，但是深深地给我印象的是初秋。

伊东的初秋，是一个深可怀恋的追忆哟。

肥胖而有肉感的少女静江！她是给了如何地深刻的印象啊！

日本的少女，点缀在初秋的田园风景中，是如何地优美呀！

伊东川上，我游玩遍了罢！我在它的源头读过维尼的诗篇。

伊东桥畔，我欣赏够了罢！我在它的苍翠的树丛之中，赏玩了皎洁如练的河中的涟漪。

伊东的山头、田间、海岸，都有了我的足迹。我的鞋底到处都给踏上了烙印了。

而特别的是它的夜间的灰黄的道上，是最令我怀念的。我真不知有几千百次地追逐着伊人的歌声，伊人大概是同S在散步。

一天夜里，真是百分地不安了。夜里，在楼下温泉里洗了一个澡，随着就出了门奔海滨去了。

那是九月初的天气，微有凉意。

夜是静静的。涛声和山中的微风声相应和着。一湾碧海。遥遥地，海面上，散布着一些渔火，在闪烁着。

在各处散在的人家，都关门闭户地在鼾睡着。小的过路的茶店也都关了板儿，外边只剩了几张空床。

我一边望着渔火，听着风声，一边地默默地往前走着。在那一条平滑的灰白的仄道上，往前奔着，心里像有无限的憧憬。

到了伊东和纲代之间的山陵的顶峰上，东方已滚出来朝阳。茶店已开始营业了。

饮了一杯茶，吃了两个蛋，登了高峰，我长时间地把初秋的海观赏了一下。

到了纲代，在船码头流连了一阵。看见了下船的下了来，上船的上了去，汽笛呜呜地一声，船向着大海驶去，我又就了向热海的路。

走了不远的平坦的海滨的沙路，又是山路了。山路是更崎岖得多了。虽然有些疲乏，但仍是向热海走去。

到了热海，日已西斜。倒是有点失望。再往向走，像是无处可去了。再不想去瞻仰那"锦浦归航"等等的名胜了。

到了旅途的终点，旅人感到了像是没有出路。看看帖包中只有回伊东的船费和一点零钱，于是吃了一餐便饭，想了一阵，玩了一阵，就乘着汽船又折回了伊东。

这一次回到伊东，好如常胜将军之凯旋。傲然地立在船头，俯瞰着海水，而特别是将近伊东码头之际，自己感到真像是做了惊天动地的大事业。

——我们以为你自杀了呢。房东老太太、静江、S，都向我说，在我回到家中之时。

我笑了一笑，点了点头儿。

——山里、河边、海岸，都找遍了呢。接着他们又说。

——到热海去了。我微笑着走上楼去。

那一天，是我最可怀念的。那种恋爱的幻灭，是可宝贵的，那种放浪的旅途是可宝贵的。

现在，回忆起来，是另一个世界了。

六

又是一幅秋天的风景画。是在墙子河畔。

回到中国，由广州飘泊到燕京。由燕京又飘泊到天津。

但是这一次安身的场所，却是墙子河畔。

墙子河畔，是我们先未曾去过的所在。说起它的内景，是异常有风致的。

那不是北海那样的绿户朱栏。又不是故宫那样的颓城腐水。那是另一种风景。

是一条河，河里有无数的货艇。岸上是些破落户的商店。是卖烧饼的，卖切糕的。往来的，除了少数之外，人都是短衫露膊，做苦工的、撑船的乡下汉。

但是河边的马路，是南达南开大学，北通日本租界。南开大学远远在望。北行半里，即到了五步一楼十步一阁的租界了。

在不夜的都市之近旁，有这样墙子河一带的所在。那构成了一个很有趣的对照。

我去的时候是初秋，墙子河已现出凄凉的秋色了。北京城中所没有的萧条。

那种惨澹的秋的田野，展开在河的两岸，十足地，表现出农村没落的现象。

学校是日本人办的——为着生活，朋友介绍到那里避避难。但是在那里，我看见在北京的"宫廷社会"中所见不到的现实。

学校的日本教员过着优游的生活，时时在学校宿舍前的小林中聚着野餐，清洁整齐地整理了他所住的区域；但中国的教员的住所之前，则是灰尘狼藉，只是他们对于日本教员则是低首下心，唯恭唯敬的。

虽然学校四围皆水，岸边匝以树墙，如住在别庄里似的，但是，那则越令我在那里住不下去了。

满目疮痍，到处矛盾，使我的忧郁的悲哀消散了。

我脱开了那个环境。我知道我以往是住在空想的世界，虚构的世界。而今后现实的世界等待着我去踏进呢。

七

又是一幅秋天的风景画。是在船厂。

船厂是我的故乡的都会。我们叫作吉林，可是乡下人却只知道船厂。

是一九三〇年的秋天。是"九·一八"的前一年。

在东北，秋天是来得很快的。夏天过去，马上就一雨成秋了。

那时，我住在北山附近的吉大寄宿舍中。每天，是要同Z君到北山散步的。

初秋，树叶已最枯黄而欲坠了。登了北山，遥望松花江上，来往坐船的人已经稀少了。江南岸，已将满地是衰草了。

这天，同赴北山散步的，不是Z君，而是C君和H君。

步上了山道，登在庙宇前的栏杆上，瞰视着长而如带的松花江。

城里是烟雾沉沉的。

这一年，是多事之秋。就是赏玩风景，大家都是时常谈到国事。而且这一年教育界也是多事之秋。

"吉敦铁路与吉海铁路之接轨，日本是在阻止着的。"

"南满铁路，是一天一天地，损失受得多，'赤字'是有加无已的。"

"日本明年是一定要武力修吉会路，总是要干一下子的。"

"农村一天一天破产，卖地都没人要，种了一年地还得叫借贷。"

这一类的话语，是我们所谈论的题目。我们总直觉到有什么事变将要临头了。

说着，穿过庙宇，到了庙后的盘道上。顺着盘道，向着西边山头上的亭子走下去了。

四外是夕暮朦胧。各个山头上，笼罩着烟霭。在山道上，望远处眺望着，好像感到农村是要越发迅速地没落了。

转到西边的山头上，在亭子四周走着，远望着。

满铁公所的建筑物，耸立在松花江的北岸上，如吃人的巨兽似的。

山窝中，几家茅舍，一条崎岖的道路。在那个山村中，一切像是害着黄瘦病。

——只有民众起来……好像谁在叨咕着。

转回身来一看，亭子的石墙上，新新的油墨写着："第二次世界战争……"

日本的压迫日烈，可是新的势力日益增长。这是"九·一八"的前夜。

那是一幅秋的风景画。可是那一个多事之秋，回忆起来，印象是非常深刻的！

八

"九·一八"事变不出人预料地爆发了。一年！两年！现在是两周年纪念了。

日本天天在向中国民众示威。在狂风暴雨中，我们想象一下他的残暴和凶狠罢。

可是，在一方面，东北却成了新局势，民众武装起来，要作决死战了。

大都市是如同死城一般。可是民众在"死之国"中，却要拼着最后的老命呢。

这是新的开始，这是新的开始。

秋天

李广田

　　生活，总是这样散文似的过去了，虽然在那早春时节，有如初恋者的心情一样，也曾经有过所谓"狂飙突起"，但过此以往，船便永浮在了缓流上。夏天是最平常的季候，人看了那绿得黝黑的树林，甚至那红得像再嫁娘的嘴唇似的花朵，不是就要感到了生命之饱满吗？这样饱满无异于"完结"，人不会对它默默地凝视也不会对它有所沉思了。那好像要烤焦了的大地的日光，有如要把人们赶进墙缝里去一般，是比冬天还更使人讨厌。

　　而现在是秋天了，和春天比较起来，春天是走向"生"的路，那个使我感到大大的不安，因为我自己是太弱了，甚至抵抗不过这自然的季候之变化，为什么听了街巷的歌声便停止了工作？为什么听到了雨滴便跑出了门外？一枝幼芽，一朵湿云，为什么就要感到了疯狂？我自恨不能和它鱼水和谐，它鼓作得我太不安定了，我爱它，然而我也恨它，即至到夏天成熟了，这才又对它思念起来。但是到了现在，这秋天，我却不记得对于春天是些什么情场了，只有看见那枝头的黄叶时，也还想：

这也像那"绿柳才黄半未匀"的样子，但总是另一种意味了。我不愿意说秋天是走向"死"的路——请恕我这样一个糊涂安排——宁可以把"死路"加给夏天，而秋天，甚至连那被人骂为黑暗的冬天，又何尝不是走向"生"的路呢，比较起春与夏来，我说它更是走向"生"路的。我将说那落叶是为生而落，而且那冰雪之下的枝条里面正在酝酿着生命之液。而它们的沉着的力，它们的为了将来，为了生命而表现出来的这使我感到了什么呢？这样的季候，是我所最爱的了。

但是比较起冬天来呢，我却又偏爱了秋。是的，就是现在，我觉得现在正合了我的歌子的节奏。我几乎说不出秋比冬为什么更好，也许因为那枝头的几片黄叶，或是那篱畔的几朵残花，在那些上边，是比较冬天更显示了生命，不然，是在那些上面，更使我忆起了生命吧。一只黄叶，一片残英，那在联系着过去与将来吧。它们将更使人凝视，更使人沉思，更使人怀想及希冀一些关于生活的事吧。这样，人曾感到了真实的存在，过去，现在，将来，世界是真实的，人生是真实的，一切都是真实的，所有的梦境，所有的幻想，都是无用的了，无用的事物都一幕幕地掣了过去，我们要向人生静默、祈祷，来打算一些真实的事物了。

在我，常如是想：生活大非易事，然而这一件艰难的工作，我们是乐得来做的。诚然是艰难，然而也许正因为艰难才有着意义吧。而所谓"好生恶死"者，我想并非说是："我愿生在世上，不愿死在地下。"如果不甚荒谬，我想该这样说："我愿走在道上，不愿停在途中。"死不足怕，更不足恶，可怕而可恶的，而且是最无意味的，还不就是那停在途中吗？这样，所谓人生，是走在道上的了。前途是有着希望的，而且路是永长的。希望小的人是有福了，因为他们可以早些休息，然而他们也最不幸，因为他们停在途中了，那干脆不如到地下去。而希望大的人的呢，他们也是有福的吗？绝不，他们是更不幸的，然而人间的幸与不幸，却没有什么绝对的意义，谁知道幸的不幸与不幸之幸呢。路是永长的，希望是远大的，然而路上的荆棘呀！手脚的不利呀！这就是所谓人间的苦难了。但是这条路是要走的，因为人生就是走在道上啊，真正尝味着人生苦难的人，他才真正能知道人生的快乐，深切地感到了这样苦难与快乐者，是真的意味到了"实在的生存"者。这样，还不已经足够了吗？如果，你以为还不够，或者你并不需要这样，那我不知道你将去找什么——是神仙呢，还是恶魔？

话，说得有些远了，好在我这篇文章是没有目的的，现在再设法拉它回来。人生是走在道上，希望是道上的灯塔，但是，在背后推着前进，或者说那常常在背后给人以鞭策的是什么呢？于此，让我们来看看这秋天吧！实在的，不知不觉地就来到秋天了，红的花已经变成了紫，紫的又变了灰，而灰的这就要飘零了，一只黄叶在枝头摇摆着，你会觉到它即刻就有堕下来的危机，而当你踽踽地踏着地下的枯叶，听到那簌簌的声息，忽而又有一只落叶轻轻地滑过你的肩背飞了下来时，你将感到了什么呢？也许你只会念道："落了！"等到你漫步到旷野，看见那连天衰草的时候，你也许只会念道："衰了！"然而，朋友们，你也许不曾想到西风会来得这样早，而且，也不该这样凄冷吧，然而你的单薄的衣衫，已经是很难将息的了。"全家都在秋风里，九月衣裳未剪裁"，这在我，年年是赶不上时令，年年是落在了后边。懑怨时光的无情是无用的，而更可怕的还是人生这件事吧。到此，人不能不用力地跷起了脚跟，伸长了颈项，去望一望那"道上的灯塔"。而就在这里，背后的鞭子打来了，那鞭子的名字叫作"恐怖"。生活力薄弱的我们，还不曾给"自己的生命"剪好了衣裳，然而西风是吹得够冷的了！

我真不愿看见那一只叶子落了下来，但又知道这叶落是一回"必然"的事，于是对于那一只黄叶就要更加珍惜了，对于秋天，也就更感到亲切。当人发现了自己的头发是渐渐地脱落时，不也同样地对于头发而感到珍惜吗？同样的，是在这秋天的时候来意味着我们的生活。春天曾给人以希望，而秋天所给的希望是更悠远些，而且秋天所给予的感应是安定而沉着，它又给了人一支恐怖的鞭子，因为人看了这位秋先生的面容时，也不由得不自己照一照镜子了。

给了人更远的希望，向前的鞭策，意识到了生之实在的，而且给人以"沉着"的力量的，是这正在凋亡着的秋。我爱秋天，我对于这荒凉的秋天有如一位多年的朋友。

第四辑

冬

冬天

朱自清

　　说起冬天，忽然想到豆腐。是一"小洋锅"（铝锅）白煮豆腐，热腾腾的。水滚着，像好些鱼眼睛，一小块一小块豆腐养在里面，嫩而滑，仿佛反穿的白狐大衣。锅在"洋炉子"（煤油不打气炉）上，和炉子都熏得乌黑乌黑，越显出豆腐的白。这是晚上，屋子老了，虽点着"洋灯"，也还是阴暗。围着桌子坐的是父亲跟我们哥儿三个。"洋炉子"太高了，父亲得常常站起来，微微地仰着脸，觑着眼睛，从氤氲的热气里伸进筷子，夹起豆腐，一一地放在我们的酱油碟里。我们有时也自己动手，但炉子实在太高了，总还是坐享其成的多。这并不是吃饭，只是玩儿。父亲说晚上冷，吃了大家暖和些。我们都喜欢这种白水豆腐；一上桌就眼巴巴望着那锅，等着那热气，等着热气里从父亲筷子上掉下来的豆腐。

　　又是冬天，记得是阴历十一月十六晚上，跟 S 君 P 君在西湖里坐小划子。S 君刚到杭州教书，事先来信说："我们要游西湖，不管它是冬天。"那晚月色真好，现在想起来还像照在身上。本来前一晚是"月当头"；也许十一月的月亮真有些特别吧。那时九点多了，湖上似乎只有我们一只划子。有点风，月光照着软软的水波；当间那一溜儿反光，像新砑的银子。湖上的山只剩了淡淡的影子。山下偶尔有一两星灯火。S君口占两句诗道："数星灯火认渔村，淡墨轻描远黛痕。"我们都不大说话，只有均匀的桨声。我渐渐地快睡着了。P君"喂"了一下，才抬起眼皮，看见他在微笑。船夫问要不要上净寺去；是阿弥陀佛生日，那边蛮热闹的。到了寺里，殿上灯烛辉煌，满是佛婆念佛的声音，好像醒了一场梦。这已是十多年前的事了，S君还常常通着信，P君听说转变了好几次，前年是在一个特税局里收特税了，以后便没有消息。

在台州过了一个冬天，一家四口子。台州是个山城，可以说在一个大谷里。只有一条二里长的大街。别的路上白天简直不大见人；晚上一片漆黑。偶尔人家窗户里透出一点灯光，还有走路的拿着的火把；但那是少极了。我们住在山脚下。有的是山上松林里的风声，跟天上一只两只的鸟影。夏末到那里，春初便走，却好像老在过着冬天似的；可是即便真冬天也并不冷。我们住在楼上，书房临着大路；路上有人说话，可以清清楚楚地听见。但因为走路的人太少了，间或有点说话的声音，听起来还只当远风送来的，想不到就在窗外。我们是外路人，除上学校去之外，常只在家里坐着。妻也惯了那寂寞，只和我们爷儿们守着。外边虽老是冬天，家里却老是春天。有一回我上街去，回来的时候，楼下厨房的大方窗开着，并排地挨着她们母子三个；三张脸都带着天真微笑地向着我。似乎台州空空的，只有我们四人；天地空空的，也只有我们四人。那时是民国十年，妻刚从家里出来，满自在。现在她死了快四年了，我却还老记着她那微笑的影子。

无论怎么冷，大风大雪，想到这些，我心上总是温暖的。

江南的冬景

郁达夫

凡在北国过过冬天的人，总都知道围炉煮茗，或吃煊羊肉，剥花生米，饮白干的滋味。而有地炉、暖炕等设备的人家，不管它门外面是雪深几尺，或风大若雷，而躲在屋里过活的两三个月的生活，却是一年之中最有劲的一段蛰居异境；老年人不必说，就是顶喜欢活动的小孩子们，总也是个个在怀恋的，因为当这中间，有的是萝卜、雅儿梨等水果的闲食，还有大年夜、正月初一、元宵等热闹的节期。

但在江南，可又不同；冬至过后，大江以南的树叶，也不至于脱尽。寒风——西北风——间或吹来，至多也不过冷了一日两日。到得灰云扫尽，落叶满街，晨霜白得像黑女脸上的脂粉似的清早，太阳一上屋檐，鸟雀便又在吱叫，泥地里便又放出水蒸气来，老翁小孩就又可以上门前的隙地里去坐着曝背谈天，营屋外的生涯了；这一种江南的冬景，岂不也可爱得很么？

我生长江南，儿时所受的江南冬日的印象，铭刻特深；虽则渐入中年，又爱上了晚秋，以为秋天正是读读书，写写字的人的最惠节季，但对于江南的冬景，总觉得是可以抵得过北方夏夜的一种特殊情调，说得摩登些，便是一种明朗的情调。

我也曾到过闽粤，在那里过冬天，和暖原极和暖，有时候到了阴历的年边，说不定还不得不拿出纱衫来着；走过野人的篱落，更还看得见许多杂七杂八的秋花！一番阵雨雷鸣过后，凉冷一点，至多也只好换上一件夹衣，在闽粤之间，皮袍棉袄是绝对用不着的；这一种极南的气候异状，并不是我所说的江南的冬景，只能叫它作南国的长春，是春或秋的延长。

江南的地质丰腴而润泽，所以含得住热气，养得住植物；因而长江一带，芦花可以到冬至而不败，红叶亦有时候会保持得三个月以上的生命。像钱塘江两岸的乌桕树，则红叶落后，还有雪白的桕子着在枝头，一点一丛，用照相机照将出来，可以乱梅花之真。草色顶多成了赭色，根边总带点绿意，非但野火烧不尽，就是寒风也吹不倒的。若遇到风和日暖的午后，你一个人肯上冬郊去走走，则青天碧落之下，你不但感不到岁时的肃杀，并且还可以饱觉着一种莫名其妙的含蓄在那里的生气；"若是冬天来了，春天也总马上会来"的诗人的名句，只有在江南的山野里，最容易体会得出。

说起了寒郊的散步，实在是江南的冬日，所给与江南居住者的一种特异的恩惠；在北方的冰天雪地里生长的人，是终他的一生，也决不会有享受这一种清福的机会的。我不知道德国的冬天，比起我们江浙来如何，但从许多作家的喜欢以 Spaziergang 一字来做他们的创作题目的一点看来，大约是德国南部地方，四季的变迁，总也和我们的江南差仿不多。譬如说十九世纪的那位乡土诗人洛在格（Peter Rosegger, 1843—1918）罢，他用这一个"散步"做题目的文章尤其写得多，而所写的情形，却又是大半可以拿到中国江浙的山区地方来适用的。江南河港交流，且又地滨大海，湖沼特多，故空气里时含水分；到得冬天，不时也会下着微雨，而这微雨寒村里的冬霖景象，又是一种说不出的悠闲境界。你试想想，秋收过后，河流边三五家人家会聚在一道的一个小村子里，门对长桥，窗临远阜，这中间又多是树枝槎桠的杂木树林；在这一幅冬日农村的图上，再洒上一层细得同粉也似的白雨，加上一层淡得几不成墨的背景，你说还够不够悠闲？若再要点些景致进去，则门前可以泊一只乌篷小船，茅屋里可以添几个喧哗的酒客，天垂暮了，还可以加一味红黄，在茅屋窗中画上一圈暗示着灯光的月晕。人到了这一个境界，自然会得胸襟洒脱起来，终至于得失俱亡，死生不问了；我们总该还记得唐朝那位诗人做的"暮雨潇潇江上村"的一首绝句罢？诗人到此，连对绿林豪客都客气起来了，这不是江南冬景的迷人又是什么？

　　一提到雨，也就必然的要想到雪；"晚来天欲雪，能饮一杯无？"自然是江南日暮的雪景。"寒沙梅影路，微雪酒香村"，则雪月梅的冬宵三友，会合在一道，在调戏酒姑娘了。"柴门村犬吠，风雪夜归人"，是江南雪夜，更深人静后的景况。"前村深雪里，昨夜一枝开"，又到了第二天的早晨，和狗一样喜欢弄雪的村童来报告村景了。诗人的诗句，也许不尽是在江南所写，而做这几句诗的诗人，也许不尽是江南人，但假了这几句诗来描写江南的雪景，岂不直截了当，比我这一枝愚劣的笔所写的散文更美丽得多？

有几年，在江南也许会没有雨没有雪的过一个冬，到了春间阴历的正月底或二月初再冷一冷下一点春雪的；去年（一九三四）的冬天是如此，今年的冬天恐怕也不得不然，以节气推算起来，大约大冷的日子，将在一九三六年的二月尽头，最多也总不过是七八天的样子。像这样的冬天，乡下人叫作旱冬，对于麦的收成或者好些，但是人口却要受到损伤；旱得久了，白喉、流行性感冒等疾病自然容易上身，可是想恣意享受江南的冬景的人，在这一种冬天，倒只会得感到快活一点，因为晴和的日子多了，上郊外去闲步逍遥的机会自然也多；日本人叫作 Hiking，德国人叫作 Spaziergang 狂者，所最欢迎的也就是这样的冬天。

窗外的天气晴朗得像晚秋一样；晴空的高爽，日光的洋溢，引诱得使你在房间里坐不住，空言不如实践，这一种无聊的杂文，我也不再想写下去了，还是拿起手杖，搁下纸笔，上湖上散散步罢！

一九三五年十二月一日

白马湖之冬

夏丏尊

在我过去四十余年的生涯中，冬的情味尝得最深刻的，要算十年前初移居白马湖的时候了。十年以来，白马湖已成了一个小村落，当我移居的时候，还是一片荒野。春晖中学的新建筑巍然矗立于湖的那一面，湖的这一面的山脚下是小小的几间新平屋，住着我和刘君心如两家。此外两三里内没有人烟。一家人于阴历十一月下旬从热闹的杭州移居这荒凉的山野，宛如投身于极带中。

那里的风，差不多日日有的，呼呼作响，好像虎吼。屋宇虽系新建，构造却极粗率，风从门窗隙缝中来，分外尖削，把门缝窗隙厚厚地用纸糊了，椽缝中却仍有透入。风刮得厉害的时候，天未夜就把大门关上，全家吃毕夜饭即睡入被窝里，静听寒风的怒号、湖水的澎湃。靠山的小后轩，算是我的书斋，在全屋子中风最少的一间，我常把头上的罗宋帽拉得低低地，在洋灯下工作至夜深。松涛如吼，霜月当窗，饥鼠吱吱在承尘上奔窜。我于这种时候深感到萧瑟的诗趣，常独自拨划着炉灰，不肯就睡，把自己拟诸山水画中的人物，作种种幽邈的遐想。

现在白马湖到处都是树木了，当时尚一株树木都未种。月亮与太阳都是整个儿的，从上山都直要照到下山为止。太阳好的时候，只要不刮风，那真和暖得不像冬天。一家人都坐在庭间曝日，甚至于吃午饭也在屋外，像夏天的晚饭一样。日光晒到哪里，就把椅凳移到哪里，忽然寒风来了，只好逃难似的各自带了椅凳逃入室中，急急把门关上。在平常的日子，风来大概在下午快要傍晚的时候，半夜即息。至于大风寒，那是整日夜狂吼，要二三日才止的。最严寒的几天，泥地看去惨白如水门汀，山色冻得发紫而黯，湖波泛深蓝色。

下雪原是我所不憎厌的，下雪的日子，室内分外明亮，晚上差不多不用燃灯。远山积雪足供半个月的观看，举头即可从窗中望见。可是究竟是南方，每冬下雪不过一二次。我在那里所日常领略的冬的情味，几乎都从风来。白马湖的所以多风，可以说有着地理上的原因。那里环湖都是山。而北首却有一个半里阔的空隙，好似故意张了袋口欢迎风来的样子。白马湖的山水和普通的风景地相差不远，唯有风却与别的地方不同。风的多和大，凡是到过那里的人都知道的。风在冬季的感觉中，自古占着重要的因素，而白马湖的风尤其特别。

现在，一家僦居上海多日了，偶然于夜深人静时听到风声，大家就要提起白马湖来，说："白马湖不知今夜又刮得怎样厉害哩！"

济南的冬天

老 舍

对于一个在北平住惯的人，像我，冬天要是不刮大风，便是奇迹；济南的冬天是没有风声的。对于一个刚由伦敦回来的人，像我，冬天要能看得见日光，便是怪事；济南的冬天是响晴的。自然，在热带的地方，日光是永远那么毒，响亮的天气反有点叫人害怕。可是，在北中国的冬天，而能有温晴的天气，济南真得算个宝地。

设若单单是有阳光，那也算不了出奇。请闭上眼睛想：一个老城，有山有水，全在蓝天底下，很暖和安适的睡着，只等春风来把它们唤醒，这是不是个理想的境界？

小山整把济南围了个圈儿，只有北边缺着点口儿。这一圈小山在冬天特别可爱，好像是把济南放在一个小摇篮里，它们全安静不动地低声地说："你们放心吧，这儿准保暖和。"真的，济南的人们在冬天是面上含笑的。他们一看那些小山，心中便觉得有了着落，有了依靠。他们由天上看到山上，便不觉的想起："明天也许就是春天了吧？这样的温暖，今天夜里山草也许就绿起来了吧？"就是这点幻想不能一时实现，他们也并不着急，因为有这样慈善的冬天，干啥还希望别的呢！

最妙的是下点小雪呀。看吧，山上的矮松越发的青黑，树尖上顶着小髻儿白花，好像日本看护妇。山尖全白了，给蓝天镶上一道银边。山坡上，有的地方雪厚点，有的地方草色还露着；这样，一道儿白，一道儿暗黄，给山们穿上一件带水纹的花衣；看着看着，这件花衣好像被风儿吹动，叫你希望看见一点更美的山的肌肤。等到快日落的时候，微黄的阳光斜射在山腰上，那点薄雪好像忽然害了羞，微微露出点粉色。就是下小雪吧，济南是受不住大雪的，那些小山太秀气！

古老的济南，城内那么狭窄，城外又那么宽敞，山坡上卧着些小村庄，小村庄的房顶上卧着点雪，对，这是张小水墨画，或者是唐代的名手画的吧。

那水呢，不但不结冰，倒反在绿藻上冒着点热气。水藻真绿，把终年贮蓄的绿色全拿出来了。天儿越晴，水藻越绿，就凭这些绿的精神，水也不忍得冻上；况且那长枝的垂柳还要在水里照个影儿呢！看吧，由澄清的河水慢慢往上看吧，空中、半空中、天上，自上而下全是那么清亮，那儿蓝汪汪的，整个的是块空灵的蓝水晶。这块水晶里，包着红屋顶、黄草山，像地毯上的小团花的小灰色树影；这就是冬天的济南。

又是冬天

萧 红

　　窗前的大雪白绒一般，没有停的在落，整天没有停。我去年受冻的脚完全好起来，可是今年没有冻，壁炉着得呼呼发响，时时起着木桦的小炸音，玻璃窗简直就没被冰霜蔽住，样子不像去年摆在窗前，那是装满了桦子房的。

　　我们决定非回国不可，每次到书店去，一本杂志也没有，至于别的书那还是三年前摆在玻璃窗里退了色的旧书。

　　非走不可，非走不可。

　　遇到朋友们我们就问：

　　"海上几月里浪小？海船是怎样晕法？……"因为我们都没航过海，海船那样大，在图画上看见也是害怕，所以一经过"万国车票公司"的窗前必须要停住许多时候，要看窗子里立着的大图画，我们计算着这海船有多么高啊！都说海上无风三尺浪，我在玻璃上就用手去量，看海船有海浪的几倍高？结果那太差远了！海船的高度等于海浪的二十倍。我说海船六丈高。

"那有六丈？"郎华反对我，他又量量，"哼！可不是吗！差不多……海浪三尺，船高是二十三尺。"

也有时因为我反复着说："有那么高吗？没有吧！也许有！"

郎华听了就生起气了，因为海船的事差不多在街上就吵架……

可是朋友们不知道我们要走，有一天我们在胖朋友家里举起酒杯的时候，嘴里吃着烧鸡的时候，郎华要说，我不叫他说，可是到底说了。

"走了好！我看你早就该走！"以前胖朋友常这样说，"郎华，你走吧！我给你们对付点路费。我天天在××科里边听着问案子，皮鞭子打得那个响！嗳！走吧！我想要是我的朋友也弄去……那声音可怎么听？我一看到那行人，我就想到你……"

老秦来了，他是穿一件崭新的外套，看起来帽子也是新的，不过没有问他，他自己先说：

"你们看我穿新外套了吧？非去上海不可，忙着做了两件衣裳，好去进当铺，卖破烂新的也值几个钱……"

听了这话我们很高兴，想不说也不可能："我们也走，非走不可，在这个地方等着活剥皮吗？"郎华说完了就笑了，"你什么时候走？"

"那么你们呢？"

"我们没有一定。"

"走就五六月走，海上浪小……"

"那么我们一同走吧！"

老秦并不认为我们是真话，大家随便说了不少关于走的事情，怎样走法呢？怕路上检查，怕路上盘问，到上海什么朋友也没有，又没有钱。说得高兴起来，逼真了！带着幻想了！老秦是到过上海的，他说四马路怎样怎样！他说上海的穷是怎样的穷法……

他走了以后，雪还没有停，我把火炉又放进一块木柈去，又到烧晚饭的时间了！我想一想去年，想一想今年，看一看自己的手骨节涨大了一点，个子还是这么高，还是这么瘦……

这房子我看得太熟了，至于墙上或是棚顶有几个多余的钉子我都知道，郎华呢？没有瘦胖，他是照旧，从我认识他那时候起，他就是那样，颧骨很高，眼睛小，嘴大，鼻子是一条柱。

"我们吃什么饭呢？吃面或是饭？"

居然我们有米有面了，这和去年不同，忽然那些回想牵住了我——借到两角钱或一角钱……空手他跑回来……抱着新棉袍去进当铺。

我想到我冻伤的脚，下意识地看了一下脚，于是又想到柈子。那样多的柈子，烧吧！我就又去搬了木柈进来。

"关上门啊！冷啊！"郎华嚷着。

他仍把两手插在裤袋在地上打转；一说到关于走，他就不住地打转，转起半点钟来也是常常的事。

秋天我们已经装起电灯了。我在灯下抄自己的稿子，郎华又跑出去，他是跑出去玩，这可和去年不同，今年他不到外面当家庭教师了。

冰雪北海

张恨水

北平的雪，是冬季一种壮观景象。没有到过北方的南方人，不会想象到它的伟大。大概有两个月到三个月，整个北平城市，都笼罩在一片白光下。登高一望，觉得这是个银装玉琢的城市。自然，北方的雪，在北方任何一个城市，都是堆积不化的，没有什么可看的。只有北平这个地方，有高大的宫殿，有整齐的街巷，有伟大的城圈，有三海几片湖水，有公园、太庙、天坛几片柏林，有红色的宫墙，有五彩的牌坊，在积雪满眼，白日行天之时，对这些建筑，更觉得壮丽光辉。

要赏鉴令人动人的景致，莫如北海。湖面让厚冰冻结着，变成了一面数百亩的大圆镜。北岸的楼阁树林，全是玉洗的。尤其是五龙亭五座带桥的亭子，和小西天那一幢八角宫殿，更映现得玲珑剔透。若由北岸看南岸，更有趣。琼岛高拥，真是一座琼岛。山上的老柏树，被雪反映成了黑色。黑树林子里那些亭阁上面是白的，下面是阴黯的，活像是水墨画。北海塔涂上了银漆，有一丛丛的黑点绕着飞，是乌鸦在闹雪。岛下那半圆形的长栏，夹着那一个红漆栏杆、雕梁画栋的漪澜堂。又是素绢上画了一个古装美人，颜色是格外鲜明。

　　五龙亭中间一座亭子，四面装上玻璃窗户，雪光冰光反射进来，那种柔和悦目的光线，也是别处寻找不到的景观。亭子正中，茶社生好了熊熊红火的铁炉，这里并没有一点寒气。游客脱下了臃肿的大衣，摘下罩额的暖帽，身子先轻松了。靠玻璃窗下，要一碟羊膏，来二两白干，再吃几个这里的名产肉末夹烧饼。周身都暖和了，高兴渡海一游，也不必长途跋涉东岸那片老槐雪林，可以坐冰床。冰床是个无轮的平头车子，滑木代了车轮，撑冰床的人，拿了一根短竹竿，站在床后稍一撑，冰床嗤溜一声，向前飞奔了去。人坐在冰床上，风呼呼地由耳鬓吹过去。这玩艺比汽车还快，却又没有一点汽车的响声。这里也有更高兴的游人，却是踏着冰湖走了过去。我们若在稍远的地方，看看那滑冰的人，像在一张很大的白纸上，飞动了许多黑点，那活是电影上一个远镜头。

　　走过这整个北海，在琼岛前面，又有一弯湖冰。北国的青年，男女成群结队的，在冰面上溜冰。男子是单薄的西装，女子穿了细条儿的旗袍，各人肩上，搭了一条围脖，风飘飘的吹了多长，他们在冰上歪斜驰骋，做出各种姿势，忘了是在冰点以下的温度过活了。在北海公园门口，你可以看到穿戴整齐的摩登男女，各人肩上像搭梢马裤子似的，挂了一双有冰刀的皮鞋，这是上海香港摩登世界所没有的。

雪的回忆

穆木天

一

雨雪雾霏，令我怀忆起我的故乡来。居在上海，每年固然都冒过几次严寒，可是，总觉得像是没有冬天似的。至少，在江南，冬天是令人不感兴会的。

雪地冰天，没出过山海关的人，总不会尝过那种风味罢。一片皑白，山上，原野上，树木上，房屋上，都是雪。你想象一下好啦，在铅灰色的天空之下，皑白的地面，是如何地一望无边呀。一望是洁白的，是平滑的。

雪！雪夜！雪所笼罩着的平原，雪在上边飞飘着的大野，广漠地，寂静地，在展开着。在雪中，散布着稀稀的人家，好像人们是都鼾睡在自己的安乐窝里。

从冬到春，雪是永远不化的。下了一层又一层，冻了一层又一层。大地冻成琉璃板，人在上边可以滑冰。如果往高山瞅去，你可以看见满目都是洁白的盐，松松地在那儿盖着。

一片无边的是雪的世界。在山上，在原野上，在房屋上，在树木上，都是盖着皑白的雪层。是银的宇宙，是铅的宇宙。

儿时，我叹美着这种雪的世界。现在这种雪的世界，又在我的想象中重现出来了。

过去的一幕一幕，荡漾地，在我的眼前渡了过去。

雨雪雾霏，令我怀忆起我的故乡来。

二

雪！下了好几天的雪，居然停住了。

据人说，在先年，雪还要大，狍子都可以跑到人家的院子里来。又据说，某人张三，当下大雪时，在大门口，亲手捉住了两匹狍子。人们总是讲先年，说先年几个大钱就能买多少猪肉，而在下雪的时候，人们多半是要讲先年的雪的故事的。

说这话，是我六岁的时候。也许是七八岁都不定。那时，我是最喜欢听人家讲故事的。特别是坐在热炕头上，听人讲古，是非常有味道的。

人们总是讲先年，说先年冷得多，可是不知道是什么道理。现在想起来，怕是人烟稀少的缘故。我们家里大概是道光年间移过去的。在那时候，我们是"占山户"。那是老祖母时时以为自豪的。你想一想，方圆一二十里，只有一家人家，那该是如何地冷凄呀。现在，人烟是渐渐地稠密了。

东北的冰天雪地中并不如内地人所想象的那样冷。在雨雪雾霏的时节，人们是一样地在外边工作。小孩子们是顶好打雪仗的。

这一天，雪花渐渐地停止了。空中是一片铅灰，地上是一片银白。狗在院里卧着，鸡在院里聚着。族中的一个哥哥，给我们做工，弯着腰，在院里，用笤帚扫雪，扫到车里，预备往外推。小院子里是寂静静的。下了好久的雪，居然停住了。

我看着人扫雪，在院子里，一个人孤独地流连着。抓了抓雪，瞅着，望着院里的大树。寂静的空气支配着。忽然，角门响了一声，东北屯的大哥又来了。

我是最欢喜东北屯的大哥的。他说话是玄天玄地的，两个大眼珠子，咕噜咕噜地动着，很是给我以激刺的。他能打单家雀，而且是"打飞"。他所打的那一手好枪，真不亚于百步穿杨的养由基，真是"百发百中"。他能领我到野外里跑。尤其是，他用沙枪打了好些家雀，晚上，可以煎给我们吃。他一进门，声音就震动了整个的小院落。

在数分钟之后，我们就到了街南的田地里了。是东北屯大哥，在同祖母和母亲说了几句话之后，拿着沙枪，带我出去的。他带我到近处各个大树的所在，打了好些家雀子，带了回来。虽然是冒着寒冷，可是，我是非常地兴高采烈的。

吃着煎家雀，东北屯大哥，大吹大擂地，给我们讲雪的故事：哪里雪是如何地大，在哪里他打死了多少兔子，哪里雪给人家封住了门，在哪里他打死了多少野鸡。雪的故事，是最令我怀起憧憬的。

到了夜间，东北屯大哥走了，后街的伯父又来了。祖母在吃消夜酒。祖母絮絮叨叨地讲过来讲过去。随后，她叫后街的伯父说唱了一段《二度梅》。

依稀的月光，从镜帘缝里，透射到屋子里。濛濛的雪，又在下着。静夜里，又起了微微的冷风。

三

雪！濛濛的雪，下着。院里又铺上了一层绵絮。

我又大了两岁了。这一年冬天，雪是不怎么大。地冻了之后，像是只下着小的雪。

这一个冬天，我们的院子里，好像比往常热闹得多了。我们是住在里边的小院里。外边是一个大的院子。现在，马嘶声，人的往来声，车声，唱酬声，打油的锤声，在外边的院子里交响着。颓废的破大院，顿时，呈出了新兴的气象。

父亲是忙忙碌碌的，从站上跑到家里，从家又跑到站上。一车一车的黄豆，每天，被运进来又被运出去。据说父亲在站上是做"老客"。

一个先生，是麻脸的，教我读书。可是，有时，他也去帮父亲去打大豆的麻包。

外院里，是好几辆车在卸载装载。马在无精打采地、倦怠地站着，身上披着一片一片的雪花。人，往来如梭地，工作着。

我也挤在人堆里。看着他们怎么过斗，怎么过秤，怎样装，怎么扛。

雪雾霏霏地下着。麻脸先生，划着苏州码子，记着豆包的分量。他的黑马褂上披着白，像是肿了似的。

雪雾霏霏地下着。秃尾巴狗在院里跑着。飞快地，在雪里轻轻地留下了爪印。

外院的东院是仓子，是马厩，是油房。人往来地运豆子。鸽子，咕噜咕噜地叫着，啄着豆子吃。

像是家道兴隆似的，各个人都在忙着。

晚上，工作完了，父亲同麻脸先生总是谈着行情，商量着"作存"好还是"作空"好。

麻脸先生会爻《易经》卦，据说，他的数理哲学是很灵的。父亲会算《论语》卦，有一次算到"长一身有半"，于是"作存"，果然赚了。

我呢，我夜里总是跑到油房里去。那里，是又暖烘，又热闹。

马拉着油辗子，转着。豆子被压扁，从辗盘上落到下边槽子里。出了一种香的油气，马的眼睛是蒙着的，说是不蒙着，它们就不干活儿。

同看辗子的人打了招呼，进了去。顺着窄路，走到里边的房子里，则又是一人世界了。

油匠们欢天喜地地，笑谈着。他们一边在工作着，一边在讲着淫猥的故事的。

我是欢喜他们的，他们也欢喜我。我上了高高的垫着厚板的炕上，坐着，躺着，看着他们在做工，一只手操起了大油匠刘金城所爱看的《小八义》。

我看着他们怎样蒸豆批，怎么打包，怎么上柞，怎么锤打。那是非常地有趣味的。扬着锤子地打着，当时，令我想到呼延庆打擂。而等待着油倾盆如注地淌下来，随后，打开洋草的包皮，新鲜的豆饼出了柞，我是感到无限满足的。有时，我是抓一块碎豆饼吃的。

卸了油垛，油匠们又是讲起张家姑娘长和李家媳妇短来了。他们垂涎三尺地讲着生殖器，有时，那也令我感到无限的满足的。

听够了，我则看我的《小八义》。我是崇拜猴子阮英的。

很晚的才回到房中睡觉。父亲没有问我。据说第二天要起早上站去，早就睡了。

翌日，早晨，天还是黑洞洞的时候，就听见车声咕咚咕咚地从院里响了出去，起来时，听说父亲已经走了。外边小雪在下着。

濛濛的雪下着。院里又铺上了一层绵絮。

四

厚厚的雪，下了几场，大地上好像披了丧衣。

隔江望去，远山，近树，平原，草舍，江南的农业试验场，都是盖着皑白的雪。

一带的松花江，成了白雪的平原。江上，盖有"水院子"。时时，在雪里跑着狗爬犁，飞一般地快。

狗爬犁，马爬犁，跑过来，跑过去。御者，披着羊皮大衣，缩着脖，在上边，坐着。

江心里，时时有人来打水。夏天渡江用的"小威虎"（小船），系在岸边上。

夏天的排木没有了。不知道是哪里去了。

风吹着，冰冷地。太阳从雪上反映出银星儿来。人慢慢地工作着。

这是圣诞节前后。我因事回到久别了的故乡省会，看见了这种美丽的雪景。

有人说，吉林省城是"小江南"，可是那种美丽的雪景，是在大江南人所梦想不到的。

在火车中，遥望着皑白的雪的大野，是如何地令人陶醉呀！在马车里，听着车轮和马蹄践轧在雪上的声音，是如何地令人欢慰呀！

雪！洁白的雪！晶莹的雪！吱吱作响的雪！我的灵魂好像是要和它融合在一起了。

在这雪后新晴的午后，几个朋友，同我，站在江滨上，遥望着江南岸。

也许赏雪是对于有闲者的恩物罢。望着，望着，入了神，于是，大家决定了去玩一玩。

于是，从岸上下去，到江面上。

西望了望小白山，北望了望北山，再望了望江南的平川，我们就决定了沿着江流向东方走去。

人多走路是有趣的，特别是走在皎洁绵软的雪上。

在江北岸，是满铁公所与天主堂，雄赳赳地，屹立着，俯瞰着蜿蜒的大江。天主堂的尖塔，突入于萧瑟暗澹的天空中，傲然在君临着一切。

田亩上盖着雪，在江南岸。村外，树林中，有几个小孩子，聚在一起，玩着，闹着。

拉车的拉车，担柴的担柴，打水的打水，老百姓在冰雪中，忙忙碌碌地，工作着。

我们跑着，笑着，玩着。虽然都是快到三十岁的人，但是，到了大自然里，却都像变成小孩子。

远远地望去，龙潭山在江东屹立着。繁密的松柏，披上了珍珠衫子。松柏的叶子，显得异常青翠。

玩着，闹着，打着雪仗，我们，在江心里，不知不觉地，快要到在旧日的火药厂的遗址了。望着岸上的废墟，心里，不由地，落下凭吊的泪来。

顺着砖瓦堆积的小路，攀了上去，我们几个人，在积雪中，徘徊着。废墙还是在无力地支持着。那里，已成了野兔城狐的住所了。

我们呼喊，从废墙里，震动出来了回声，同我们相唱和着。回声止处，山川显得越发地寂寥。我呢，不觉要泫然泪下了。

我呆对着残垣上的积雪，沉默着。心中感着无限的哀愁。

江北岸，军械场的烟囱，无力地吐着烟。似在唏嘘，似在讽刺，似在凭吊，似在骄傲。一缕一缕的烟，飘渺地，消散在天空里。也许那是运命的象征罢!

大地是越发地广大了。雪的丧衣，无边无际地，披在大地的上面。

五

雪下了又停，停了又下。这一座古城，像是包围在雪的沉默中了。

这是我离开吉林城的那个冬季。因为当时感到那也许是一个永别，所以，那一年的雪，在我以为，是最值得怀恋的。

从卧室听着外边往来的车，咯吱咯吱地，压踏在雪上，是如何令人愁恼呀！在黎明，在暗夜，我，不眠地，倾听着风雪交加中的响动，是如何地孤独寂寥呀！

我曾在雪后步过那座古城的街上，可是满目凄凉，市面萧条得很。我也曾在晴日踏着雪，访过那些城外的村落，可是，田夫野老都是说一年比一年困苦了。多看社会，是越多会感到凄凉的。

在北山上建了白白的水塔。在松花江上架上了钢铁的江桥。可是，北山麓上，仍然是小的草房在杂沓着，在江桥边上，依然是山东哥们在卖花生米。农村社会没落了。好些商店，也是一个挨着一个地关上了门。

夜间，不寝时，听着外边的声籁，我总是翻来复去地，想着。吉敦、吉海接轨的问题，农村破产的情状，南满铁路陆续地在开会议的消息，是不绝地在我脑子里萦回着。

有时，关灯独坐，望着街道上的灯光照在白雪上，颜色惨白的，四外，死一般地，寂静着，感到是会有"死"要降到这座古城上边似的。

在被雪所包围着的沉默中，无为地，生活着，心中是极度地空虚的。有时，如雪落在城上似的，泪是落在我的心上了。

虽然，过着蛰居者的生活，但是，广大的自然美也是时时引诱着我，而且强烈地引诱着。雪下了又停，停了又下。沉默的古城，是又越发地显得空旷了。

雪停了，又是一个广大无边的白色的宇宙。

我们，三四个人，在围炉杂谈之后，决定了到江南野外里跑一跑。

走到江边，下去，四外眺望一下，江山如旧。野旷天低，四外的群山，显得越发地小了。小白山显得越发地玲珑可爱。

南望去，远山一带，静静地伏在积雪之中。村落，人家，田畴，树木，若互不相识地，遥遥地，相对着。

在一切的处所，都像死的一般地，山川，草木，人畜，在相对无言。沉默的古城，好像到了死的前夜。

我们，三四个人，到了雪色天光之下，群山拥抱的大野里了。

天低着。四外，是空廓，寂寥。

白色、铅色的线与面，构成了整个的水墨画一般的宇宙。

赶柴车的，走着。拾粪的孩子，走着。农夫们，时时，在过路。但都是漠不相关似的。

我们，三四个人，在田间的道上，巡回地，走着。有时，脚步声引出来几声狗吠。但，我们走开，狗吠也随着止住了。

对于神的敬礼，好像也没有以先那样虔诚了。小土地庙已倾圮不堪了。

有时，树上露着青绿的冬青。鸟雀相聚着，聒叫着。待我们走近，立住，鸟儿，就一下子，全飞了起来。

江桥如长蛇似的跨在江上。像我们的血一天一天地被它吸去。

江北岸的满铁公所，好像越发高傲地在俯瞰松花江。它那种姿态，令人感到，是战胜者在示威。

天主堂的钟声哀婉地震响着。是招人赴晚祷呢？还是古城将死的吊钟呢？声音，是凄怆而轻脆的。

我们，三四个人，在田野中，走着。暮色渐渐地走近来。我们，被苍茫的夜幕笼罩住了。

在苍茫的夜色里，我是越发地感到凄凉了。那种凄凉的暮色在我脑子里深深地印上了最后的雪的印象。

雪下了又停，停了又下。包在雪中的古城，吐出来死的唏嘘了。

六

雨雪雾霏，令我怀忆起我的故乡来。现在，故乡里，还是依然地下着大雪罢。可是，我呢，则是飘零到大江南，也许会永远没有回到故乡的希望了罢。

和我同样地流离到各处的人，真不知有多少哟。可是，他们同我同样，也怕会永久看不见故乡的美丽的雪景了罢。

在故乡呢，大概山川还是依然存在罢！永远没有家中的消息，亲友故旧是不是还存着呢，那也是不得而知了。特别地，对着雪景，我怀忆起来白发苍苍的老祖母的面影来。

有人从东北来，告诉我东北的农村的荒废。在那广大的原野里，真是"千村万落生荆杞，禾生陇亩无东西"了！

据说：有时土匪绑票子只绑十枝烟卷儿，在到处，人们都是过着变态的生活。

在故乡的大野里，在白雪的围抱中，我看见了到处是死亡，到处都是饥饿。

在白雪上，洒着鲜红的血，是义勇军的，是老百姓的。

据说，故乡的情形完全变样了。现在呈出了令人想象不到地变态的景象来了。

是死亡，是饥饿，是帝国的践踏，是义勇军的抵抗，是在白雪上流着猩红的血。在雪的大野中，是另一个世界了。

我想象不出了。我只是茫然地想象着那种猩红的血，洒在洁白的雪上，在山上，在平原上，在河滨上，洒在一切的上边。

雨雪雾霏，令我回忆起我的故乡来。

花床

缪崇群

冬天，在四周围都是山地的这里，看见太阳的日子真是太少了。今天，难得雾是这么稀薄，空中融融地混合着金黄的阳光，把地上的一切，好像也照上一层欢笑的颜色。

我走出了这黝暗的小阁，这个作为我们办公的地方（它整年关住我！），我扬着脖子，张开了我的双臂，恨不得要把谁紧紧地拥抱了起来。

由一条小径，我慢慢地走进了一个新村。这里很幽静，很精致，像一个美丽的园子。可是那些别墅里的窗帘和纱门都垂锁着，我想，富人们大概过不惯冷清的郊野的冬天，都集向热的城市里去了。

我停在一架小木桥上，眺望着对面山上的一片绿色，草已经枯萎了，唯有新生的麦，占有着冬天的土地。

说不出的一股香气，幽然地吹进了我的鼻孔，我一回头，才发现了在背后的一段矮坡上，铺满着一片金钱似的小花，也许是一些耐寒的雏菊，仿佛交头接耳地私议着我这个陌生的来人：为探寻着什么而来的呢？

我低着头，看见我的影子正好像在地面上蜷伏着。我也真的愿意把自己的身子卧倒下来了，这么一片孤寂宁馥的花朵，她们自然地成就了一张可爱的床铺。虽然在冬天，土下也还是温暖的吧?

　　在远方，埋葬着我的亡失了的伴侣的那块土地上，在冬天，是不是不只披着衰草，也还生长着不知名的花朵，为她铺着一张花床呢?

　　我相信，埋葬着爱的地方，在那里也蕴藏着温暖。

　　让悼亡的泪水，悄悄地洒在这张花床上罢，有一天，终归有一天，我也将寂寞地长眠在它的下面，这下面一定是温暖的。

　　仿佛为探寻什么而来，然而，我永远不能寻见什么了，除非我也睡在花床的下面，土地连接着土地，在那里面或许还有一种温暖的、爱的交流?

雪

靳　以

　　"……还是腊月天，桃花却已开了，乍看到那一丛丛深红浅红，还以为是另一种冬日的花树，待走近了，果真是伴着春天的艳桃。其实燠热的天时也告诉我那真的是春天了，溪水涨着，河边的垂柳柔软地挂着，被暖风吹得打皱的水面——可是人们还正在忙碌着过旧历的新年呢！

　　"汗淌下来了，早临的季候使人们有点失措，中午的时分，太阳高高地挂着，简直有初夏的那份炙热，'唉唉，真是到了夏天可怎么办呵！'像这样想着的怕不只我一个人。

　　"一切都不必忧虑，陡地起了一夜寒风，把我们住的那座小楼好像丢到海里一般，门窗开了，四壁和屋顶都簌簌地响着，整个的楼都在抖着。惊惶地起来，不知怎么样才好，星月早被乌云兜盖住了，四围也没有一点火光。我们真像孤独的航船，遇到恶劣的气候，知道危险包着我们，可是我们无能为力。林间的宿鸟惊鸣，山中的野物慌奔，凄惨的啼叫增重我们的恐惧；可是我们只得坐在那里，先还警戒地张望着，过后倦意压到身上来，便又自然而然地倒在床上，任凭那风声雨声，化成了梦中的滔天白浪；仿佛到了极寒冷的极圈，波浪都是凝固透明的，当着它们相碰的时节，便清脆地响着，散了满目的灿烂冰花……

"原来天已亮了，一阵风又吹开床头的窗，不曾盖严密的棉被里溜进去一股寒风，天是真的冷起来了，我仓促地关好门窗，又钻进温暖的被里，懵懵懂懂地过了一刻，再张开眼，使我更留恋地不肯起身了，可是我要起来，猛地一下我就跳入了冰凉的大气里，冷确是冷的，可是我并不为它吓倒。

"'这才像冬天。'我的心里总是这么想着，于是那冷落了许久的小泥炉，又烧起熊熊的红炭，我不想出去，为我厌烦的是那无休无止的冷雨。顺着风势，斜吹横打，就是张了伞也要弄得遍身湿淋淋的，在遥远的北方，雨和冬天原是有着极遥远的距离。

"可是什么落在我的屋瓦上细碎地响着呢？什么像是轻飘飘地落在大地上发出微细的声音呢？我放下给你写信的笔，站起身来，推开迎面的窗——呀，一片白色已经罩上对溪的屋脊上了，在我的视野里那白色的片絮兀自纷乱地坠着，那不是迷蒙宇宙的雾，那不是凋零万物的霜，那是雪，是雪！——"

我简直高兴地叫出来了，我不再伏案疾书，我站起来，深深地吸着那清冷的空气，顿时感觉到非常畅快。我贪婪地望着它，它从那灰蒙蒙的天空一直落到地面沾水的地方立刻融解了，高处却增厚了白色。它对我是熟稔的，可是我们已经阔别了几年，谁知道是哪一点因缘我们会在这温暖的南方相遇。我妄想掬一把，伸出我的手去，可是立刻它就不存在了，只是点点的水，沁入肌肤。于是我大踏步地走出去了，让它自由自在地堆积在我的发上和肩上吧，我恨不得要雪片飞入我的心胸，使它溶去或是净化我那被忧烦与愤懑所腐蚀的心。让我回到往昔的日子里吧，人们那么和善相爱地活着，一面抵挡着作乱的魔鬼，一面反抗那云雾间的大神。

突地我想起来了，我不能徘徊终日，我该在泥雪中跋涉我的旅程。于是我加了一件寒衣，真的走在路上了。路可是泥泞的，它已经失去了平日的光滑，细石和黄泥搅在一起，它吸住我每一步向前的脚，笨重的衣履又压住我的身子，才自走了短短的一节，额间的汗就涔涔地渗出来了。我也感觉到一点疲惫，我不得不停下脚步喘一口气，拭去要淌下来的汗水。我抬头一望，戴雪的高山好像慈和地热望着我，飘飞的雪花在引着我，不可见的路在我的眼前展开了，我怎么应该停下来呢？纵然路是艰苦的，我也要向前。于是我紧了紧鞋，脱下一件外衣放在肩头，我又努力走向前去了。

那封写给友人的信，是当我走到山城的那一个夜晚继续写下去的：我很困倦了，可是我也很高兴，毕竟我还是到了我要到的地方。雪送了我一程，泥泞滑了我一路，可是我并没有跌倒，也不觉得灰颓。当我走在城中的石板路上，我的心都笑起来了。我的鞋上全是泥，我的裤脚也玷污了，也许那些城里人会笑着我这个赶路客，可是他们不知道我走过这样的一段路。今天我停歇下来了，明天自有明天的旅途等待我。我不惧怕，我想我能如愿，我相信我自己，我想你也相信我的……我就这样结束了写给友人的短简，我的心全被愉快充满了。当我放下笔，又推开窗，积雪的冷辉照亮了天地，不断地飘着的雪把黑夜也冲淡了。我是那么高兴，竟自呆了般地凝望着无声地落下的雪花——不，它是有声的，可是它不会惊醒任何一个睡着的生物。

一九四二年冬